WITCH AND MERCENARY
魔女と傭兵4
超法規的かえる
CHOHOKITEKI KAERU
illust. 叶世べんち

目次

CONTENTS

（一章）―― 003 ―― 戻る日常と迫る不穏
（二章）―― 055 ―― 人と道具と使い方
（三章）―― 136 ―― 巨岩打ち抜くは銀の一閃
（四章）―― 215 ―― 同じ穴の狢《ムジナ》たち

「随分腕に自信があるみたいね？」

「さてな。
試してみればいい」
ジリジリと間合いを詰めながら
エルシアとジグが軽口を叩く。
大剣を肩に背負ったタイロン、
サーベルを両手に下げたザスプは
隙を窺いながら
横に移動している。

魔女と傭兵 ④

著：超法規的かえる
イラスト：叶世べんち

GCN文庫

〔一章〕戻る日常と迫る不穏

WITCH AND MERCENARY

ハリアンの中央区から少し外れた北寄りの区画。舗装された石畳は荒れ、道端に浮浪者が転がる怪しげな裏路地は、整備された繁華街とは比べるべくもない。

早朝にそんな場所を慣れた様子で進むのは一人の大男。無表情ながらも鋭い視線と隙の無い立ち振る舞いは自然と周囲に威圧感を与え、その身の丈は二メートルにも及ぶ。長身というより巨躯と表現したくなるのは、服の上からでも見て取れる鍛え上げられた肉体のせいだろう。

「うむ」

その巨漢は誰にともなく一人満足気に頷いた。

ここより離れた大陸から訪れた傭兵、ジグ＝クレインは護衛対象であるシアーシャと離れ、趣味の裏路地店巡りをしていた。夜遅くまで魔術書を読み耽《ふけ》っていた彼女は現在宿で爆睡中である。

「思わぬ掘り出し物を手に入れられたぞ」

薄汚れたワインボトル片手に上機嫌な彼の足取りは軽い。文字通りなんでも扱う雑貨屋をふらついていた際に、恐らく盗品と思しき年代物のワインが捨て値で安酒に紛れていたのだ。まあ、このワインに限らずあの店にある品はそのほとんどが盗品であろうが。

見つけた時には思わず目を見開いてしまったが、何とか悟られることなく購入できた。

こちらの酒はまだ勉強中であるが、いいワインというものはどこも似たような製造法になるらしい。瓶や年代、中の状態を目を凝らして調べたところ、ジグの経験と勘が名酒だと囁いたのだ。

「これに合うつまみを手に入れねばなるまい。この街でチーズを扱っている店はどこだったかな……」

ジグは酒が好きだが、それ以上につまみを大事にするタイプの酒飲みだった。酒に合ったつまみを用意するより、つまみに合った酒を飲む食ありきの酒好きだ。

ただし今回のような良い酒に巡り合った場合はその限りではない。

「チーズもいいが、熟成されたワインには肉料理も捨てがたい……」

「舐めやがって！　調子に乗ってんじゃねえぞクソアマ！」

上機嫌に思案しながら歩いていると男のがなり声が聞こえてきた。

喧嘩か恐喝か、いずれにしろそれ自体はよくあることなので気にも留めずに通り過ぎようとした。こんな場所だ、その程度でいちいち騒ぎ立てる者などいない。

「放しな三下。喧嘩売る相手くらい選びな」

聞こえてくるのは静かだが、なかなかにドスの利いた声だ。

しかしそれが若い女のものであると気づいたジグが、なんとなく足を止め声の方を見る。

そこにはチンピラと思しき男が三人で一人の女を壁際で囲んでいた。囲まれているのは栗色の髪の毛を肩口で切り揃えた女。

一見十代中盤から後半に見えるが定かではない。年齢に疑問を覚えたのはその眼が歳相応のものには見えなかったからだ。

鋭い目つきは若いながらに風格を漂わせ、大の男三人相手でもまるで怯む様子がなく悠然と腕を組んでいる。派手ではないが服の仕立ては高級で、それなりの家の娘なのだろうことが見て取れる。

彼女は刃物をちらつかせて恫喝《どうかつ》する男たちを前にして、キャンキャンと吠える犬を見る様に退屈そうにしている。チンピラたちでは器か役者か、あるいはその両方が足りていないのは明白だ。

いくら脅しても怯えた様子一つ見せない女に男たちが痺れを切らした。

「そうかい、じゃあ痛い目見てもらおうかねえ！」

罵声と共に繰り出した拳が女の顔に迫る。力任せで鋭さのかけらもない、しかし若い女一人を痛めつけるには十分な暴力。

だがジグも女も、実に退屈そうにそれを見ていた。

彼女は顔目掛けて迫るそれをギリギリで躱す。空ぶった拳は勢い余って壁を強かに殴りつけた。

「いっづぁ!?」

女は痛みに怯んだ男の手首を掴んで引くと、男と入れ替わるように立ち位置を変え後頭部に手を添えて壁に顔面を叩きつけた。鈍い音と鼻柱が折れる乾いた音が同時に響く。

ぶつけた場所を押さえた手から鼻血が漏れ、よろけた男の両脚を旋風のように鋭いローキックが刈り取る。

折れた前歯と鮮血を宙に残したまま、受け身も取れずに地面に叩きつけられた男が倒れ伏す。

「……は？」

一人を片づけた女が動く。ブーツで荒れた石畳を踏みしめ、呆けた左にいる男の股間を蹴り上げる。硬いブーツの先端がめり込んだ股間は破滅的な音と、半身を失うほどの喪失感を男に齎《もたら》した。

たまらず前屈みになった男の背を乗り越えてもう一人が後ろから掴みかかるのを躱すと、そのまま前屈みの男の尻を蹴飛ばしてもう一人にぶつける。

「この、おいどけ……」

「おせぇっ！」

気合一閃。軸足で大地を掴み、上体を捻りながらの上段後ろ回し蹴り。

呼気《こき》と共に遠心力を乗せた踵が、体勢を崩した相手の顎を蹴り抜いた。脳を揺らされた男が糸の切れた操り人形のようにくずおれる。

「アタシに手ぇだそうなんざ十年早いわ」

あっという間に三人を片づけた女はパンパンと手を叩きながら吐き捨てた。啖呵《たんか》を切るだけあって、体格や数の利を物ともしない見事な手前だ。

「……で？　そっちのあんたも痛い目見たいってわけかい？」

次に彼女はその視線を傍観していたジグの方へ向ける。彼の巨体に加え、明らかに先のチンピラとは違う雰囲気を纏った立ち居振る舞いに緊張を走らせた。

剣呑《けんのん》な視線を受けたジグは肩を竦めると、彼女を指差す。行動の意図が分からずに眉根を寄せる女に構わず、なんでもない口調で伝える。

「見事、と言いたいところだが……残心を忘れているぞ」

「っ!?」

その指が自分の後ろを指していると気づいたと同時、背後に気配。女は粟《あわ》立つ首筋と、勘に任せて振り向きながら防御する。

直後、腕がもげるかと思うほどの衝撃が彼女を打ち据えた。

揺れる視界に映るのは最初に倒した男。行動不能にしたと思い込んでいたが、いつの間にか起き上がって殴りかかってきていたのだ。

運よく不意打ちは完全に防御できたが、先ほどまでとは別人のような怪力に体ごと吹き飛ばされる。

「ぐっ！」

小柄な体が真横に飛ばされ、先ほど男を叩きつけたのとは反対の壁に衝突させられる。

視界が揺れ、音が一瞬聞こえなくなるほどの衝撃に肺の空気を吐き出す。後頭部はなんとか守ったが、背中から勢いよく壁に叩きつけられて一瞬呼吸が止まってしまう。

ふらつく足で何とか立ち上がるが、眩暈《めまい》が抜けず、動けるように回復するまで時間がかかりそうだ。

その隙を見逃してくれるほど相手も馬鹿じゃない。

「く、まずったか……」

「ひ、ひひひ。お、女のくせにいてえじゃねえかよぉ……！」

男は瞳孔が開いて血走った目で近寄ってくる。

言葉とは裏腹に歯が折れて口や鼻から出血しているにもかかわらず、まるで痛がる様子を見せない。動悸が激しく、まともな状態でないのは一目で分かる。

血の巡りもよくなっているのか激しく自己主張する下半身を見て、彼女は自分がどうされるのかを理解して必死に体を動かそうとする。たとえ間に合わぬと分かっていても。

不気味に近寄るその歩みが不意に止まった。

「戦闘用のドラッグをこんなにしょうもないことに使う奴は初めて見たな」

二人の間に割り込んだジグが呆れたような口調で男を観察する。

開ききった瞳孔と口端の泡状のよだれ。僅《わず》かに脈動する肉体と痙攣《けいれん》、先ほどの怪力からかなり強めのドラッグだと推測する。

自分の行く手を阻むように立つジグに、男は興奮したように息を荒くした。

「な、なんだぁ、てめえ、じゃ、邪魔するならぶっ殺す!!」

男の力量を大きく超えた速度は彼の肉体をも破壊し、代価として獣じみた速度で襲い掛かる。

しかしこの男がケモノならジグはバケモノ。

「ゴミはゴミ箱で寝ていろ」

リミッターを外した一撃を容易くいなすと、体を回して放つカウンターのミドルキックが男の腹に突き刺さった。

声も上げられず、冗談のように吹き飛んだ男がまとめられたゴミ山に頭から突っ込んでいく。

ゴミがクッションになり死んではいないが、今度こそ完全に意識を失った。

残心をとりながらそれを確認したジグが構えを解く。

「戦闘ドラッグの取り締まりは面倒だが、あんな馬鹿にも渡ってしまう可能性を考えると妥当だな。ガキの諍《いさか》いで手を出していい代物じゃないぞ……」

　肉体の限界を超えて力を引き出すドラッグは、訓練されていない人間が安易に手を出すと障害が残ることもあるので、ジグのいた大陸では流通こそしていたが街のチンピラが手を出すことはまずなかった。

　その危険性を十分に理解しているからだ。

　体が本来セーブしている力をリミッターを外して強引に使えば、肉体に強いダメージが発生する。

　それに耐えられる肉体づくりと壊れないラインを見極める訓練を受けていない者が使用すれば、際限なしに力を使って取り返しがつかないことになる。

　先ほどの男は本格的に壊れる前にジグに昏倒させられたので、重症にはならずに済むだろう。明日は寝込むことになるだろうが。

「……あんた、何者だ？」

　声に振り向けば先ほどの女が警戒しながらジグを見ていた。

　壁に寄り掛かるようにしているのを見るに、先ほどのダメージもまだ抜けきっていないだろうに大したものだ。

　今もジグのことを探りながらも逃げ出すタイミングを計っている。

「通りすがりの傭兵だ。手を出すつもりはなかったんだが……ドラッグまで使い始めたんでつい、な」

「傭兵……カンタレラの人間じゃないのか？」

それを聞いて、この女がマフィアと関係のある人物だということに気づいた。

そう考えると、あの目つきも肝の据わりようも納得がいく。場違いに上等な服も、マフィア幹部あたりの娘ならば相応の格好だろう。

傭兵と聞いた女の視線はやはり警戒したままだ。無理もない。敵対組織の者ではなくとも、この街での傭兵の認識はかなり悪い。

「報酬次第でどこにでもつくが、特定の勢力に肩入れする気はないな」

「フン、結局金かい。……で、今のはいくらになるの？」

彼女は軽蔑したように鼻を鳴らすと、懐に手を入れて財布を取り出そうとする。頼んでいないとはいえ窮地を助けられたのは事実だ。

だがジグがそれを身振りで制止すると怪訝そうにした。

「まだ契約もしていなかったからな。それにあの程度の雑魚に金はとらん」

「……その雑魚に負けたアタシに対する嫌味かい？」

「好きに受け取ってくれ」

「ちょっと、待ちなよ！」

面倒になったので、適当に返して呼び止める声を無視し踵を返すジグ。

彼の興味は既にワインに合うつまみ探しに移っている。ジグは休日を満喫するべく足早に去っていった。

†

「何だったんだ、あいつは……？」

自分を助けた男を見送ってから、まだ礼も言っていないことを思い出して女は苦い顔をする。

立場上あの状況で他人を警戒するのは当然だが、助けられて何も返していないというのも座りが悪い。

そこに部下数人を引き連れたトレンチコートの男がやってきた。女を見つけた彼らは慌てた様子で駆け寄る。

「お嬢！　やっと見つけましたよ！」

「……ヴァンノか」

見知った人間が現れた女は、そこでようやく警戒を解いた。一般人からすれば胡散臭い顔つきの中年でも、彼女にとっては気心知れた旧知の仲。

くたびれた風体の中年男は、荒い息を整えながらお嬢と呼んだ女へ話しかける。

「困りますよ勝手に出歩いちゃあ……こいつらは？」

周囲に倒れている男に気が付いたヴァンノがしゃがみ込む。

股間を潰されて泡を吹いている間抜け面は、彼の記憶にあるものではない。

「チンピラだ。絡んできたからちょっとね」

ヴァンノはそれを聞いてため息をつかずにはいられなかった。あまりにも身の程を知らない。この界隈にいる人間にとって、無知とは時に海よりも深い罪だというのに。

「この辺でお嬢に喧嘩ぁ売るとはどこの馬鹿野郎だ……」

「ただの馬鹿じゃないかもしれんよ？　一人、薬物を使った奴がいた」

「……なんですと？」

女の言葉にヴァンノの顔が変わった。それまでの昼行燈《ひるあんどん》めいた顔つきが一瞬で切り替わり、裏社会を生きてきた男の顔になる。

彼女が顎で示した方を見ると、ゴミが散乱したその中に男が倒れている。部下に引きずり出させて持ち物を調べると使用済みの注射器が見つかった。

「どんな症状してやした？」

「興奮と異常な怪力、痛みも感じていないように見えたね」

「マジもんの戦闘用やないですか……クソ、思ったより回り始めるのが早い……まさかこいつ、お嬢がのしたんですか？」

女はその問いに苦々しい表情になって首を振る。

自分なら大丈夫と護衛をつけずに外に出た結果この有様では格好がつかないが、そうも言っていられる状況ではない。

「通りすがりの傭兵とやらに助けられた」

「傭兵って……チンピラがチンピラをやったっちゅうことですかい？」

「……チンピラねぇ。あんな岩みたいな奴をそう呼ぶのは、なんかしっくりこないんだが」

ヴァンノの反応は普通のものだ。

この辺りでは傭兵なんて名乗る奴はチンピラに毛が生えたようなもの。冒険者にも兵士にも、ましてやマフィアにもなれずに暴力で日銭を稼ぐ者たち。

その暴力ですらやり過ぎれば本職に目を付けられるため、弱者や立場の弱い者にしか向けられない。

だがあの男はそういう者たちとは毛色が違う気がする。

金に執着しない態度や落ち着いた物腰は、自分の知る傭兵像とはかけ離れている。

（……妙な奴だったな）

出会いは明らかに偶然だ。何の要求も接触もなく去っていったところを見るに、この案件とは恐らく無関係だろうが、少し気になる。……気にはなるが、今はそれより優先すべきことがある。

「ヴァンノ、こいつの出所を探れ。近頃出回り始めているドラッグと無関係ってことはないだろ」

「分かりやした。……おい、このアホ共事務所に引きずっていけや。洗いざらい吐かせたれ。家族友人、交友関係や行きつけの店まで全部洗え」

ヴァンノの指示に部下たちが動く。

街に根付いたマフィアはこういった個人の情報を漁るのが非常に速い。暴力、金、脅しを駆使してあらゆる角度から情報を集めることができる。二日もあれば個人の事情など丸裸にできるだろう。

「この件、どう思う?」

ヴァンノは葉巻をくわえて火をつけながら思案する。

「……カンタレラにそういった動きがあるって話は聞いたことないですなあ。あっちはうち以上に保守的ですから。うちでそういう馬鹿やりそうなのはもういないしなぁ」

ぼやいたヴァンノの言葉に、先日身内がやらかしたことを思い出して、女が嫌悪の表情を浮かべる。犯罪など日常茶飯事のマフィアといえど、越えてはいけないラインというものはある。

街の住民を攫《さら》っての人身売買、それも子供ばかりを狙ったものなどその最たるものだ。

別に倫理的にどうこうというわけではない。親のいないストリートチルドレンならともかく、税を納めている住民の子供を攫うなどあまりにもリスクが高すぎるというだけの話だ。その時は憲兵などに目を付けられにくい異民を狙ったようだが、それはそれで別の意味でリスクが高すぎる。下手を打てばあわや大抗争になりかねないところだったのだ。

ちなみにその人物は既にケジメをつけさせられており、二度と姿を現すことはない。

「人身売買なんて馬鹿やりやがって……いや、もういない人間のことはいい。となれば、やはりアグリェーシャか……厄介だな」

「その辺も含めて調べさせますわ。ワシはこれで。お嬢もお気をつけて」

自らも情報を集めるために動こうとするヴァンノ。トレンチコートを翻《ひるがえ》して歩き出すその背に女が声を掛けた。

「ああそれと、もう一つ調べてほしいことがある」

「なんですかい、お嬢」

用件を口にしようとしてあの男の名前すら聞いていなかったことに今さら気づく。なんと伝えたものかと考えて、そういえば珍しい武器を背負っていたことを思い出した。

「あー……持ち手の両端に剣がついてる武器、なんて言ったっけ？　そいつを持った傭兵を探してくれ」

「ワシも武器のことはあんまり詳しくないんで名前までは知りませんなあ。しかし特徴的な武器みたいやし調べりゃすぐわかりそうですな……急ぎですか？」

「いや、ついででいいよ。ああ、ガタイもかなりいいから目立つと思う」

「了解です」

頼んでいないとはいえ、助けてもらっておいて礼も言わないのは主義に反する。実際あの男がいなかったらかなりまずい状況だったのは事実だ。

「あ、すっかり忘れてやしたが、外出歩くときはワシらを連れてもらわないと困りますよ。いくらお嬢が腕っぷしに自信あるからって、今回みたいなことが起こらないとも限らないんですから！」

「分かった分かった。気を付けるよ」

適当に返しながら踵を返す女にため息を吐くヴァンノ。

「器も度胸も悪かねえんだが、あの奔放なところはどうにかならんもんかいの……これが若さってやつか？」

言いつつも珍しい武器を持った大男という言葉に引っかかるものを感じた。

以前ジィンスゥ・ヤに協力していた覆面の男の情報が一向に手に入らない。

薙刀《なぎなた》とそれに類する武器を扱う大男、それも実力者となればそれなりに数は絞れて来るはずなのだが。

「お嬢の言っていたガタイのいい傭兵も珍しい武器って話だが……まさかねぇ？　まぁそんな都合のいい話がありゃ誰も苦労せんだろうな」

フュエル岩山中腹部。鉱石資源が豊富なこの地は魔獣が多く出現する場所でありながら、その資源を求めて常に多くの炭鉱夫でにぎわっている場所だ。先日大量発生した魔獣はすでに討伐され、今は魔獣の出現率も大幅に下がっている時期なので稼ぎ時でもある。

普段であれば切り立った岩山がそびえる中、鉱石を掘るために男たちがそこかしこで鶴嘴《つるはし》を振り上げている光景が見られるだろう。

そんな場所で一匹の魔獣が暴れまわっていた。

体長は尾の先まで含めて四メートルほど。二足歩行の蜥蜴魔獣は蝮《まむし》のように尖った頭部を外敵に向けて激しく威嚇している。

特徴的なのはその尾だ。まるで巨大なハンマーかと見まがうほどに尾骨が異常発達しており、振るうたびにぶつけられた岩が砕け散っている。重そうな尾骨をぶら下げている割には動きも機敏で、発達した脚で跳躍までしてのけるようだ。

「すごい！　剛槌蜥蜴《ごうついとかげ》ですよ、ジグさん！」

興奮した様子でシアーシャが声を上げているが、ジグの方はそれどころではない。

宙で一回転した魔獣が振り下ろす尾。名の由来となったであろう剛槌の如き発達した尾骨は、ジグが飛びのいた場所に凄まじい音を立てて叩きつけられた。

「大した威力だ」

硬い地面に蜘蛛の巣状の罅《ひび》が入るのを横目に双刃剣を構えるジグ。

当たれば即死は免れないほどの威力だ。たとえ鎧を着こんでいても中の人間が耐えられないだろう。だが、当たらなければ意味はない。

「ジグさーん。尾骨はなるべく壊さないように倒してくださいね。高く売れるんです」

気軽な口調だが彼女とて遊んでいるわけではなく、鉱員の保護と小型魔獣の掃討をこなしている。

「……簡単に言ってくれる」

苦笑いをしながら横振りの尾骨を下がって躱す。凄まじい風圧が顔を叩くが、ジグの目はひと時も敵から逸らされなかった。

遠心力を活かした続けざまの回転攻撃には付き合わず、地を強く蹴り前に出て懐に入る。

あれだけ恐ろしい威力を秘めた尾骨も、懐に入られてしまえばただの重しに過ぎない。危険な攻撃を持つ相手なればこそ、それを凌《しの》いだ先に活路はある。

ジグが上段に構えた双刃剣を強く握り、鍛え上げられた筋力で幾度となく繰り返して練り上げた一撃を振り下ろす。剛槌蜥蜴に勝るとも劣らない上刃での袈裟斬り。

魔獣をして恐れを抱くほどの一撃を、剛槌蜥蜴は咄嗟に上げた前足で受け止める。あまりの衝撃に太く頑丈な爪に大きな罅が入るが、それで終わりではない。

ジグはさらに力を込めて爪を横に弾きながら身を捻り、下刃で絡めとるように前足を片方斬り落とす。

青い血が傷口から溢れ、剛槌蜥蜴が甲高い鳴き声を上げて反射的に斬られた腕を引っ込める。

「死ね」

腰を落としたジグの双刃剣がブレ、蒼い軌跡が一直線に奔《はし》る。痛みでのけぞり、がら空きの胸部へ上刃での刺突。槍の名手を思わせる鋭い突きが岩の甲殻で覆われた剛槌蜥蜴の胸を刺し貫いた。重装兵の鎧にも匹敵するだろう甲殻が砕け、青い血を噴き出しながら暴れまわる剛槌蜥蜴。

「……甲殻で逸れたか」

流線型の胸部と頑丈な甲殻は双刃剣の刃筋をわずかに逸らし、かろうじて即死を回避していた。

半狂乱になって暴れる魔獣から双刃剣を引き抜いたジグが距離を取る。致命傷は与えた。後は巻き込まれぬよう離れて死ぬのを待てばいいだけだ。

「ぎゃぁあああ!?　こっちくんなぁ!」

「……そういうわけにもいかんか」

死に瀕して暴れた魔獣があらぬ方向に走り出し、その先にいた鉱員が絶叫を上げる。彼らの身の安全も今回の依頼の内となるので無視するわけにもいかない。

そうしているうちにも魔獣は動いている。今から走り出して魔獣を斬ることは可能だが、それでは勢いが止まらず鉱員を巻き込んでしまうかもしれない。

「あまり褒められたやり方ではないんだが」

ぼやきながらジグは双刃剣を槍投げの要領で構え、左手を眼前に翳《かざ》して狙いを定めた。

戦いの場において武器を投擲するというのはあまり推奨されることではない。外せば無手で武器を持つ相手と戦わねばならず、命中させて敵を倒したとしても相手が一人だとは限らないからだ。今回はそうも言っていられないが。

双刃剣を持つ右手に力を込めたその瞬間、魔獣の正面の地面が突如動いた。大地が不自然な動きで盛り上がり、ジグの身の丈ほどもある一本の杭を成す。円錐状の杭は斜めに、魔獣の胴を迎え打つように設置されている。

瀕死の魔獣に突然目の前に生成された杭を避ける余裕などなく、勢いよく突っ込んだ。

ジグの場所にまで伝わる地鳴りと、火の魔術が弾けたかのような腹に響く轟音。

騎兵を待ち構えるように掲げられた地のランスは、魔獣の勢いを利用してその体を串刺しにする。先ほどジグに貫かれた胴体をこじ開けるかのように突き刺さった杭は、背中からその先端を露出させ、魔獣の命を確実に奪っていた。


「いやぁ助かったよ。おたくら強いねぇ！」

「いえいえ。こちらこそ、魔獣の運搬ありがとうございました」

転移石板周辺。

荷台だけでは載り切らない魔獣の素材を運んでくれた鉱員たちに、シアーシャが頭を下げている。そんな彼女に鉱員たちが慌てたように頭を下げ返した。

「それを言うならこっちこそさ。ちょっと仕事場の魔獣を片付けてもらうだけのはずだったんだが、まさか剛槌蜥蜴まで出てくるとは……こちらの連絡ミスだ。本当にすまなかった」

諸々起きていた冒険業の妨げになる事案が片付いた後、シアーシャとジグはギルドで依頼を受けていた。

岩蟲の大量発生に伴い、討伐隊による一斉駆除が行われたフュエル岩山。魔獣の発生も落ち着いたので作業場に戻ってみれば、なんと魔獣が住処にしていた。とはいえ魔獣も小物ばかりで数もそこまで多くないため、ギルドで七等級相当の討伐依頼として発行された。それを受けた二人が鉱員の案内のもと、現地へ向かって駆除していた最中に剛槌蜥蜴が乱入してきたというわけだ。

意図的な脅威度の過少報告による依頼金の引き下げは稀にあることだが、今回はそれに当たらないだろう。この依頼は工商ギルドから正式に発行された依頼であり、彼らはこの程度の少額をケチって冒険者ギルドとの軋轢《あつれき》を生むほど愚かではない。

「このことはちゃんと報告して、依頼脅威度の修正と報酬の再確認させておくから」

「よろしくお願いしますね」

笑顔のシアーシャに再度頭を下げた鉱員が、一足先に転移石板でギルドへ報告に向かうのを見送る。

想定外の危険な事態になり本来なら苦情を言ってもいいはずだが、シアーシャはとてもいい笑顔だ。どうやら剛槌蜥蜴の素材とはそれほどにうま味のある物らしい。

「ジグさんも、お疲れ様です」

「いや、最後は助かった。俺では彼らに怪我をさせていたかもしれん」

投擲で剛槌蜥蜴を仕留めても勢いが完全に止まるわけではない。死なないにしても体の大きな魔獣に轢かれれば大怪我に繋がる。

「……あのでかいコブがそんなにいい値段になるのか？」

魔獣大全を始めとした複数の資料を読み漁っている彼女が言うならば、間違いないのだろう。それでも変な形の岩にしか見えないその尾骨に価値があるとは信じがたいものだ。

「あの尾骨、外見はあんなですけど、中はすっごい綺麗なんですよ。縞目模様が木の年輪みたいで、加工するといい工芸品になるとか。長生きした個体ほど模様に深みが出るんですって」

「ほう……あんなに乱暴に振り回す割には、なんとも華のある使い道だな」

「武具としても優秀な素材らしいですよ？　比較的軽くて頑丈、しかも衝撃にも強いから兜や盾に向いているらしいです。……ただ武具にするより工芸品にした方が、ずっと高く売れるからまず出回らないとか。そういう意味では竜の素材で出来た武具よりも希少性は高いみたいですね。やっぱり世の中お金ですよ！」

「……なんとも華のない話だな」

そんな雑談をしながら二人は転移石板へ向かった。


見慣れた、と言ってもいい程度には幾度も訪れているギルドは今日も盛況だ。あまり一か所に定住しないジグにとっても、ずっと同じ場所で過ごしていたシアーシャにとってもそれは変わらない。

「お疲れ様でした。お話は聞いています。災難でしたね……シアーシャさんがご無事で何よりです！」

顔なじみとなった受付嬢のシアンが明るく対応してくれている。またしても脅威度の高い魔獣を相手取ったことに少しだけ何か言いたげにしていたが、先日の鬱屈していたシアーシャを見ていたためか、今回はあまりうるさく言うつもりはないようだ。

彼女も少しずつだが交友関係を広げている。魔女としての今までを思えばそれは大幅な進歩であり、成長だ。

「……」

もうあまり自分が口を出す必要はないのかもしれない。そんなことを考えていた自分に驚いて、また自分もかつての仲間たちに同じように気遣われていたのだろうと気づいた。

「ふ」

「……何腕組みして年寄り臭い雰囲気だしてるのよ」

失礼な言葉に視線をやれば、いつから見ていたのか呆れたようにジト目を向けてくるイサナ思春期娘《》がいた。しかしジグとていつまでも同じ煽り文句を気にするほど打たれ弱くはない。

先ほどとは違い、鼻で小さく笑ってぼそりと言い捨てる。

「だからお前は友人ができんのだ」

大きな声で言ったわけでもない、雑踏に紛れてしまいかねない端的な言葉。しかし彼女たちの優秀な長耳はそんな言葉を聞き逃すことができずに拾ってしまう。

イサナがくわっと目と口を見開いた。翠の瞳が真ん丸になってジグを見て、次いで柳眉《りゅうび》を逆立てる。

「はッ、……ハァ!?　いますけどぉ！」

上ずった声がギルドに響き、何事かと周囲から視線を集める。彼女はそれに構わずジグに食って掛かった。その反応こそが何よりの証左だというのに。

「ふ、普段の私を知らないようね！　剣の教えを請われたり、武人としての心構えとか聞かれたりと大人気なのよ!?」

「憐れだな。尊敬と友好の差も分からんとは」

胸倉掴んで揺するイサナへ憐憫《れんびん》の視線を向けるジグ。いや、彼だけでなく周囲の人間からもどこか憐んだ視線を向けられている。優れた感覚を持つイサナにはそれが分かってしまう。あまりの羞恥に褐色の肌が赤みを帯びていた。

「だっ、こっ、あ……そ、そう言うあなたはどうなのよ！　二言目には仕事仕事で友人の一人もいないいんじゃないの!?」

窮した彼女はその矛先をジグに向けることにしたようだ。友人のいない者同士、共に辱めを受けよう。そんな足を引っ張る魂胆が透けて見える、武人としての誇りが欠片も見られない行動であった。

「――ジグ、お疲れ。仕事でトラブルあったたって聞いたけど、大丈夫？　……なにか、揉め事？」

そこに割り込んできたのは鱗人のウルバスだ。話しかけてきた彼は怪訝そうな……おそらく怪訝そうな表情になると、胸倉を掴んでいるイサナとジグを交互に見た。

「いや、大丈夫だ。仕事は……いい臨時収入が飛び込んできた程度さ」

ウルバスは黙ってジグを見たが、取り繕っている様子がないことを悟ると頷いた。

「……そう。良かった」

「気遣い感謝する」

「……え」

言葉少なに、しかし素っ気なさのないやり取り。そして何より素直に感謝を述べるジグにイサナが愕然としている。

「ううん。友達だから、ね」

「――――」

そして止めを刺された。ジグの胸倉を掴んでいた腕がだらりと落ち、脱力したように後ずさる。近くの椅子にぐったりと座りこみ、そのまま突っ伏してしまった。

「彼女、どうしたの？」

「気にするな。力量差も読み取れん未熟者の末路だ」

「そう……？」

やはり怪訝そうにしていたウルバスだったが、彼なりに納得したのか頷いてその話を流した。冒険者らしい、良い切り替えの早さだ。

「……」

視線を感じる。ちらりと横目でそちらを見れば、何人かの冒険者たちがこちらを見ていた。決して友好的とは言えない、敵意や嫌悪が混ざる負の視線。

冒険者は実力主義で亜人差別がそこまでもないとは聞いているが、そうでない者たちも一定数いる。大抵は小物なのでさして気にもしないが、今のこちらを見ている冒険者は珍しく実力者の物腰をしている。視線に気づくのが遅れたのもそのせいだ。少しだけそれが気になったが、ウルバスが気にしていないのにこちらが騒ぎ立てるのも違うだろう。

　ウルバスは視線を移し、受付でやり取りをしているシアーシャの方を見た。彼女の脇にある荷台には大きな岩のような塊がどっしりと鎮座している。

「……あれ、もしかして剛槌蜥蜴の尾骨？」

「よく分かるものだ。そいつが鶴嘴を振る場所に槌を持ち出してきたんでな、ご退場願った」

　流石は熟練の冒険者というべきか、ウルバスは一目でその正体を看破した。ジグには全く分からないが、ベテランならば分かるのだろう。周囲の冒険者の中でも若年層は不思議そうにしているが、年嵩の者ほど興味深げにしている。

「うん。お金になりそうな素材、みんな把握している。それにしても随分立派。長く生きた個体だったんだね」

　動かないイサナを尻目にウルバスと冒険業について話していると、賑やかな一団が近づいてくる。体の大きいジグたちは通行の邪魔にならぬよう端の方に居たので、こちらに用事があるようだ。

「おう、ジグじゃねえか。ウルバスと知り合いだったのかよ」

「この前は、世話になった」

　声をかけてきたのは二人の大柄な男たち、ワダツミ所属の冒険者であるベイツとグロウだった。仕事帰りなのだろう。身に着けた防具には土汚れが目立っている。

「すごい格好。なにを狩ってたの？」

ベテラン冒険者同士顔見知りなのか、気軽にベイツたちと話すウルバス。

「いやぁ今日は大変だったぜ。土に潜る魔獣が相手でよ、もう全身泥まみれ」

「逃げる魔獣を無理やり捕まえて、一緒になって引き込まれたから、だろう」

豪快に笑うベイツと呆れたように首を振るグロウ。普段の振る舞いと同じく、冒険業でも二人の役割は同じなのだろう。

ベイツの蛮行を聞いたウルバスが苦笑した。

「無茶するね。この辺で潜る魔獣っていうと……潜口《せんこう》土竜《どりゅう》？」

「ギルドに頼まれて、な。正直、面倒な相手だから……断りたかった」

「聞いたことのない魔獣だな」

聞き覚えのない魔獣にジグが口を挟むと、ベイツが楽しそうに話し出した。こういった説明好きなところは本当に彼らしい。

「一言でいえば、でっけぇミミズだな。太さが成人男性くらいはある。振動を感知して下から襲い掛かってくる厄介な奴でなぁ……」

「……ふむ？」

どこか聞き覚えのある特徴を持つ魔獣にジグが記憶を漁っていると、ベイツがイサナに気づいたようだ。

「……あ？　そっちで溶けてるのは……イサナか？」

彼が溶けていると表現したのも無理はない。普段はぴんと立った長耳はふにゃけて見る影もなく、だらしなく足を投げ出して顔からテーブルに突っ伏したままだ。ベイツの言葉は聞こえているはずだが何の反応もない。

「触れてやるな」

武人ではないが、傭兵にも情けはある。

†

「ジグさん交友関係広いなぁ……」

少し離れていた間に複数の知り合いに囲まれているジグを見て、感心するようにシアーシャがこぼす。自分が少し信用できる人間を見つける間に、彼は沢山の人に囲まれていた。顔と言い行動と言い、決して取っつきやすい人間ではないはずなのだが。

「不思議です」

「あ、シアーシャさん！」

「はい？」

物思いに耽っていたシアーシャが振り向いた。人懐こい笑みで手を振るのは見覚えのある一人の女性冒険者だ。

「あ……確か、リンディアさん？」

「そうそう！　以前臨時で組んだリンディアです！　久しぶり」

緑がかった茶髪のミディアムヘアをした少女は、以前リスティの紹介で組んだ臨時のパーティーメンバーであった。

「……お久し、ぶりです。調子はどうですか」

この程度の時間を久しぶりというべきなのか、時間間隔の違いに一瞬戸惑ったシアーシャの返答がわずかに遅れる。それでも相手に話を合わせるという手法を覚えた彼女の口からは、自然と言葉が出た。

「そこそこ、いい感じかな？　いまちょっと装備の購入で悩んでいてね……それより聞いたよシアーシャさん！　剛槌蜥蜴倒したんだって？　すごいよ！」

「あー、まあジグさんがほとんどやっちゃいましたからね」

無論自分一人でも問題なく倒せはするが、なんとなくだがシアーシャはそう答えた。あまりに隔絶した力量差を見せてしまっては距離ができてしまうかもしれないと、無意識にそう考えた彼女の返答。

「ああ、あの顔の怖いおじ様が？　確かに強そうだもんねぇ」

彼女はシアーシャの無意識下で起きた葛藤に気づかず納得していた。そして突然シアーシャの肩を掴むと距離を詰めてくる。

「あ、あの……？」

ジグ以外に直接触れられることの少ないシアーシャはわずかに怯んでしまうが、リンディアは構わず自分の用件を話し出す。

「それよりシアーシャさん、また私と組まない？　いますっごい儲かりそうな話があるんだ！」

「儲かりそうなお話……ですか？」

「そうそう。絶対に儲かるよ！　欲しい装備とかも購入できちゃうよ！」

「おお、絶対に儲かるお話ですか……私も買いたい魔具があるんですよね。……あ、待ってください。私、ジグさんにそういう都合の良すぎる話は信じちゃ駄目って……」

「ああ、ごめんごめん。胡散臭いフリーの仕事じゃなくて、ちゃんとギルドを通したお仕事だから大丈夫だよ。それに、あのおじ様にも一声かけておくから」

「それなら……お話、聞かせてください」

言うほど自分も交友関係が狭いわけではないのかもしれない。活き活きと話し出す彼女を他所に、シアーシャも自分の変化を感じるのであった。

翌日。日課のトレーニングを一通りこなしたジグは街中をうろついていた。

繁華街は今日も盛況だ。多くの人間が集まる場所にはそれ相応の熱量というものがある。

時刻は昼時前。少し早いが混む前に昼食にしてしまおうかと考えているジグは、繁華街をぶらつきながら店を探していた。

近頃食欲が増しており、食事代も馬鹿にならない。稼ぐ金額も増してはいるのだが、装備の補修などを考えればあまり散財はできなかった。

手ごろな屋台でおやつ代わりの腸詰を黒パンで挟んだものを食べながら、目を細めて周囲を見渡す。

「……ふむ」

繁華街のため周囲には人が多く、人の流れは速い。

雑踏の中でもジグは飛び抜けて背が高いため目立つ方だ。

店を決めると急ぐでもなくゆったりと向かう。普段選んでいるであろういくつかの店舗を通り過ぎ、まだ足を運んだことのない品の良さそうな店を選ぶと残りのパンを口に放り込む。

条件の良い立地にある店は他と比べて豪奢な店構えをしている。

それなりの身なりをした者が出入りするそこで、武器を背負ったジグははっきり言って場違いだ。

「いらっしゃいませ」

しかし良い店とは店員の教育も良い。場違いな格好をしたジグに思うところはあるはずだが、そんな態度はおくびにも出さない。

多少警戒するようにジグを観察していたが、酔っ払いや暴漢の類ではないと判断するとそれ以上踏み込んではこない。

案内された席についてメニューを眺めるがすぐには注文せず、しばらくそうしている。

ジグの風体や脇に置かれた武器を気にした周囲の客がチラチラとジグを盗み見るが、本人にはまったく気にした様子がない。

やがて彼は店員にコーヒーだけを注文すると、何をするでもなく外を見る。

置かれたコーヒーに手を伸ばし口にし、想像以上の美味さに眉を動かした。

「いらっしゃいませ」

ジグがコーヒーを楽しむことしばし。

新たに入って来た客を店員が迎えるが、その客は片手を上げると、

「連れが来てる」

とだけ伝えて横切った。

案内を断った客は、コツコツと足音を立ててジグの方へ近づいて来る。

「意外だな。こういう店に縁があるようには見えなかったけど」

声に視線を向けると、そこには以前裏路地で暴漢に襲われていた目つきの鋭い茶髪女がいた。武器らしい武器は持っていないが、腰回りに違和感がある。服の下に短刀くらいは隠し持っているだろう。

彼女の身体つきを見る。それなりに鍛えられており、物腰も戦う者のそれだ。しかし綺麗過ぎる手と物腰は最前線で叩き上げてきたものではなく、身につけている技術も護身や教育といった空気を感じさせる。

彼女はジグの向かいの席に断りもせずに座ると、店員を呼んでケーキセットを頼む。

「尾《つ》けていたのか」

「まあな、アタシの尾行も中々だろ？」

そう言って得意げに横目で見る女にフンとだけ返すジグ。

それを負け惜しみと取ったのか、女が笑って手を出した。

「あのときの礼を言いそびれちまってたからね。カティア＝アルベルティだ」

「ジグだ。傭兵をやっている」

カティアの差し出した手を軽く握って返す。彼女はジグの掌が持つ岩のような硬さと厚さに少しだけ眉を動かした。

「改めて礼を言わせてもらう。あの時は助かった」

「なに、成り行きだ。……それで、本題は？」

ただ礼を言うだけならば立ち話でも十分のはずだ。わざわざ腰を据えて話ができる状況を狙ったのには理由があるはず。

カティアは脚を組みながらさり気なく周囲を窺った。店内は落ち着いた雰囲気で昼食には早めの時間帯もあり客入りは少なめ。

何かを話しているのは分かるが席同士の間がそれなりに空いているので、声を潜めれば聞こえないだろう距離感。

こういう店は内緒話には向いている。酒場の様な騒々しい場所はどこに聞き耳を立てている輩が居るか分からない。雑多な雰囲気の場所では他人の気配にも気づきにくい。

本当に聞かれたらまずい話や、大きな金が動くときなどは、こういった店が使われるというのは良くある話だった。

カティアは顔の前で手を組んで口元を隠しながら話を切り出した。

「……あんたに仕事を頼みたい。先に言っておくが、アタシはマフィアの関係者だ。それを踏まえた上で仕事を受けるか判断してもらいたい」

(魔女、冒険者、ジィンスゥ・ヤと来て、とうとうマフィアか)

〝金さえ払えば〟などと普段から吹かしてはいるものの、ここまで節操無しになるとは思ってもいなかった。

あまりにも見境なしの顔ぶれに思わず笑みがこぼれる。

仕事の話をするためにコーヒーを一口飲んで気持ちを切り替える。

†

（……笑ってやがる。やっぱりまともじゃないな）
自分がマフィア関係の仕事を頼んだ時の相手の反応は大抵二種類。
嫌な顔をするか、営業スマイルや無表情で本心を隠すかの二つだ。
前者は関わり合いになりたくないが金にはなるし、何より断った後が怖いという反応。
後者はこちらの弱みを探りつつも、隙あらば利用してやろうという野心ある反応。
しかしこの男の反応はそのどれとも違う。
まるで思わず笑みがこぼれてしまったかのような反応は、未だかつてないものだ。
誤魔化すようにカップで口元を隠しているあたり演技にも見えない。
（経験にない相手だ。慎重に行こう）

†

ジグは傍らに置いた双刃剣を視線を向けないままに意識する。

「仕事の内容を聞く前に一つ断っておくが、依頼内容が大きく法に触れるものや、民間人等の非戦闘員に害を及ぼす類ならば受けるつもりはない」

それは決して倫理的観点からだけの条件ではない。いかに金額が大きかろうと、後の仕事に支障が出る依頼を受けるわけにはいかないというだけの話だ。

都合のいい捨て駒になるつもりはなかった。

「問題ない。あんたに頼みたいのはアタシの護衛だ」

「……マフィアが護衛だと？」

マフィアからの依頼ということで犯罪行為の加担を警戒していたジグだが、カティアから出てきた言葉は予想外のものだった。

彼女がマフィアでどの立ち位置にいるのかは知らないが、ただの一構成員というわけではあるまい。護衛程度ならば自分たちでどうにかできそうなものだが。

目を細めるジグの表情を見た彼女は、予想通りの反応だとばかりに肩を竦めた。

「それ以上は仕事を受けてもらってからだ。……言いたいことは分かるよ。でもそのあたりに説明しにくい事情ってものがあってね」

「ふむ……」

何やらマフィアが絡む裏社会でごたごたが起きているようだ。重要人物らしき個人が護衛もつけずにそのあたりの傭兵を雇おうというのだから、きな臭いどころの話ではない。

とはいえ詳しい経緯までは分からないが、切掛けにあたりはつく。

「ドラッグ関係か」

「さてね」

カマをかけてみるも、カティアは否定も肯定もしない。

流石というべきか、その表情から何かを推し量るのはジグには難しい。

「……」

幸い……かどうかは分からないが、時間はある。

以前シアーシャと臨時パーティーを組んでくれたリンディアという少女から、彼女を借りたいという申し出を受けた。なんでも儲かる依頼を見つけたが、自分たちだけでは力不足なのでシアーシャの力を借りたいとのこと。

一応アオイに確認を取ってみたところ、出所のはっきりした依頼なので違法性はない。危険性についても適正段階なので問題はないらしい。

なによりシアーシャが乗り気になっていることがジグの判断を決定づけた。彼女が他人との関わりを作っていくのは、これから生きる上で必ず役に立つだろう。……リンディアが執拗にこちらをおじ様呼びをするのが気にはなったが。

そういう事情で今は空いている。きな臭い依頼だけに、報酬は期待できるだろう。

買いたいものもあるし、金額次第では受けるのもやぶさかではない。

「報酬は？」

「期間は五日で日当十万。これは拘束代金で襲撃があった際には別途十五万支給する。破損した装備等は必要経費でこちら持ち……常識の範囲内でな。消耗品は要相談」

拘束時間の割に悪くない条件だ。流石はマフィア、金払いはいい。

ただ一つ気になることと言えば、

「何故俺を？」

カティアが自分を選んだ理由が気がかりだった。

まさか以前少し手助けしたので気に入ったなどという理由ではないだろう。マフィアという組織はそこまで人情を重んじるものではなかったはずだ。

ジグの疑問を予想していたのか、彼女は苦笑して答えた。

「あんたのことは調べさせてもらった。……報告を聞いたときは正直驚いたよ。この街に来てそう経っていないのに、あそこまで厄介ごとに巻き込まれる人間がいるなんてね。しかもそのほとんどが自分から手を出していないらしいじゃないか。何か悪いモノでもついているのかい？」

「……放っておいてくれ」

薄々感じていたことを他人にズバリと言われてバツが悪そうにするジグ。

もっとも、薄々程度にしか感じていないあたり彼の感覚は壊れている。

「まあそれは置いておくとして。あんた、どんなに脅されても絶対に口を割らなかったそうじゃないか」

ワダツミでの事を言っているのだろう。武器もなく、複数の冒険者に囲まれようとジグは決して依頼主のことを明かさなかった。

「仕事だからな」

「それができる強さと依頼主への義理堅さがあんたに依頼した理由だよ」

口だけでは約束は守れず、強さだけでは信用ができない。

暴力と裏切りが横行する裏社会でその二つを両立させるのは非常に難しい。

カティアがジグを選んだ理由は実にマフィア的であった。

「……」

選ばれた理由は悪くない。仕事の内容も文句はない。報酬はいい方だ。

つまり断る理由もない。金はいくらあってもいい。

「ここの飯代はそちら持ちでよければ、受けよう」

「なら早速説明させてもらおうか。その前に、アタシと同じように手を口の前で組んでくれ」

不思議に思ったが取り敢えず真似してみる。両の手を組み空洞を作る。

「両掌の中で声を響かせるように喋るんだ」

わずかに籠らせた声でカティアがやって見せる。

「これには何の意味が？」

同じように声を籠らせて話す。少し聞き取りづらく、相手に声が届いているかの加減が難しい。

「表にはあまり出ないが、魔術には遠くの音を聞き取るためのものもある。単純に耳が良い種族もな。これはそういった盗み聞きへの対策法だ」

カティアの言葉にジグも思い当たることがある。イサナを始めとした聴力に優れた種族が他にいないとは限らない。魔術についても同様だ。姿を隠したり変化させるような魔術があるのに、遠くの音を聞きとれる程度の魔術がないとは思えない。

「遠くの音を聞き取るのは意外と繊細なものでな。雑音を省くためにある程度座標などを限定しないと難しい。ま、限定さえできれば、そこそこ離れてても聞こえるから厄介なんだが……こうして音を籠らせてしまえば、詳細な会話内容などを聞き取ることを防げるってこと」

中々に興味深い話だ。恐らくこういった知識は魔術書にもあまり載っていないのだろう。あるいは等級の低い冒険者には開示されない情報に違いない。

「ほう、流石は犯罪組織だな」

「褒めるなよ、照れる」

二人は口元を隠したまま互いに悪い笑みを浮かべ合った。

「事の発端はあんたも知っての通り、あのドラッグだ」

話がまとまった所でカティアが事のあらましを説明し始める。

「しばらく前からこの辺りでとある薬物が流行り始めた。薬物が流行ること自体は別に珍しくもないんだ。うちだって多少は扱ってる」

事も無げに違法薬物について話すカティア。特段重要な話をしている様子もない辺り、公然の秘密ということなのだろう。見つからなければ問題ないというやつだ。大陸や文化が違ったところでこういった裏社会の資金源にそう大きな違いはないのかもしれない。

「問題は扱っているもんのヤバさだよ。ちょっと幸せになれたり現実から逃げられる程度の品ならいい。断りもなく勝手に捌いている馬鹿を沈めるだけで済む」

頭痛を堪えるように渋い顔でカティアが吐き捨てた。

確かに興奮作用のある薬物で多少力が増すことはあるかもしれないが、以前裏路地で彼女を襲った男が使っていたドラッグはそんな次元ではなかった。相当の筋力増強や痛覚の遮断に加えて、断裂した筋肉が即時再生するほどの治癒力。

明らかに異常だ。ジグが知る戦闘用のドラッグにそんな効果は存在しない。

しかしつい最近、そんな異常な光景を見た覚えがある。

「……」

折れた腕や脚が時間を巻き戻すように再生し、まともな人間ならショック死をしてもおかしくないほどの大怪我でも平気な顔をして動き回る……そんな異常な行動を見せた集団には心当たりがあった。残念ながら、既にそのほとんどが姿を眩ませているという話だが。

しかしこの件はシアーシャが絡んでいるために伝えるのは躊躇われる。そんなジグの内心を知らぬカティアは話を続ける。

「この辺りであんなヤバいもん取り扱っているところはない。当然アタシたちは出所を探った。何人か絞めて出てきた名前が――アグリェーシャ」

聞き覚えのない名前だ。新興のマフィアか何かだろうか。

「奴らはこの街のずっと西に本拠地を置いているマフィアだ。向こうじゃほとんどを牛耳っているかなり規模がでかい組織だが、薬物に躊躇いや節操が無さ過ぎるんだ。そこら中でシャブキめてるやつらがうようよ居やがる。そのせいで街が腐り始めて生産力の低下から経済がおかしくなっているんだとさ」

言葉の響きが他二つのマフィアとは違うと感じていたが、別の街を拠点にしている者たちのようだ。カティアの話を聞くに随分と加減を知らない連中らしい。基本的に犯罪組織に生産性はない。一次産業をこなす堅気がいてこその裏組織、裏社会ということを理解していないようだ。

「そんな奴らがこの街まで出張って来ているってことは……」

良くない予感がするのは気のせいではないだろう。

カティアが苦々しい表情でその先を継ぐ。

「……ああ。連中、どうやら次の標的にこの街を選んだらしい。今来ている奴らはその先遣隊さ」

「最悪だな」

先行投資とばかりにドラッグをばら撒き依存者を増やし、程よくヤク中になった所で取り込むつもりだろう。

本格的な勢力争いとなれば組織力が物を言う。遠征して来ている彼らは数も少なければ土地勘もないはず。しかしこうしてジグに護衛を頼んでいるということは、あまり旗色がいいわけでもなさそうだ。

「どっちが優勢なんだ？」

「……ハッキリ言って微妙なところだな。武闘派の幹部格まで寄こしている上に、あいつら末端にまで戦闘用ドラッグを渡してやがる。小競り合いで何人かうちの若いのが大怪我させられた。……あいつら、加減ってものを知らないんだ」

戦闘用ドラッグの作用は単純に筋力等の増加だけではない。過度な興奮により精神的なタガまでも外れてしまう。本来無意識にセーブしているのは何も筋力だけではないということだ。

戦争のようなハナから殺し合うことが決まっている場ならば、それもさしたる変化ではないが、縄張り争いのような痛めつけることで退かせる手法を使うマフィアにはキツイ相手だろう。

どちらも死人が出るので同じように感じるかもしれないが、〝結果的に相手が死んでも構わない〟のと〝絶対に殺す〟とでは感じる圧に雲泥の差があるのだ。

「しかし無茶をするな。そうポンポン使っていては体がもたんだろうに」

「奴ら、兵隊は畑から生えてくるとでも思ってるんじゃないか？」

吐き捨てるように悪態をつくカティア。

人的資源の損耗を恐れずに強硬的な行動を優先しているらしい。なるほど、街を腐らせたというのにも納得だ。

「そういう訳でアタシにまで護衛をまわしている余裕がない。それならそれで大人しくしてりゃいい話なんだが……ウチの一大事だってのに指くわえて見てられるかよ」

静かだが、強い口調でカティアが組んだ指を強く握り込む。組織への忠誠心、というには少し感情が入りすぎているように見える。

護衛の件といい、やはり彼女は上の立場にいる人間に近しい人物のようだ。

「カティアはどう動くつもりなんだ？　西の連中の動向でも調べるのか？」

護衛対象は大人しくしているつもりはないようだ。当たり前だが、敵対組織の重要人物がふらふら出歩いているのを敵が見逃すはずもない。

それなりに激しい五日間になりそうだ。

「いや、そっちはうちの幹部たちが血眼になって探ってる。アタシが首を突っ込んでも邪魔をするだけだ。……多少腕に覚えがある程度でどうにかなる相手じゃないことは、前回のことで身に染みたしな」

先日不覚を取ったことを思い出したのか、少し悔しそうにそう付け足す。

どうやら使命感に燃えて直情的に動くタイプではないようだ。自分に出来ることを理解しているなら、こちらも動きやすいのでありがたい。

「アタシが探るのは身内……ファミリーの裏切り者さ」

「……ほう。心当たりでも？」

「……考えたくはないが、ある」

マフィアは裏切り者に非常に厳しい制裁を加えるため結束は固いものと聞いていたが、やはり完全な一枚岩というわけにはいかないようだ。

「……毎回、微妙に向こうが先に動いている気がするんだ。こっちの襲撃に対して少しだけ準備が良かったり、売人をとっ捕まえても繋がりになる証拠を持っていなかったり。罠や待ち伏せまでされてるわけじゃないし、運が悪かったで済ませられる範囲ではある……が、そこがまた気に食わない」

「疑いをもたれない程度に情報を流している者がいると？」

渋い顔をして眉間にしわを寄せているカティア。彼女は組んでいた手をほどくと残っていたケーキを口に押し込む。人に聞かれるとまずい話はここまでのようだ。

甘味をコーヒーで流し込んだ彼女は、口の端に付いたクリームを拭いながらその通りだとジグを指差す。

「あくまで可能性だけどな。土地勘もない余所者の癖に、ウチとまともにやり合えているのが気に入らないだけかもしれないがね」

「そうか。まあ好きに動いてくれ。料金分は働こう」

彼女がどう動こうとこちらのやることは変わらない。できる事なら大人しくしてくれる方がいいのだが、それならそもそも依頼などしてこないだろう。

「期待しているよ。まずは前払いにここの飯代だったか。好きなもん頼んでくれ」

「上限を決めなくていいのか?」

「そこまでケチじゃないよ。残さないならいくらでもどうぞ」

迂闊なことを言う彼女に内心でほくそ笑む。

カティアが店員を呼ぶと待ってましたとばかりにジグが注文する。

「ランチセットAとBとC、それと日替わりランチを頼む」

「セットのドリンクはいかがいたしましょうか」

「コーヒー、紅茶、牛乳、煎茶で。あと食後にケーキセットを」

「かしこまりました」

大量の注文に眉一つ動かすことなく役割をこなす店員。

流石、高い店は教育が行き届いている。

ジグは視線を戻すとあんぐりと口を開けたカティアを見る。

「お、おい、あんた食いきれんのかあんなに!?」

「いつもこれくらいは食べる。問題ない」

「にしたって限度が……ここ、結構高いんだぞ？　傭兵ってのはそんなに儲かるのか？」

「まさか。普段からこんなに散財はしないさ。ただ今日は、なぜか食事代が浮きそうな予感がしてな？」

そう言って意味ありげに笑うジグ。その意味を悟ったカティアが悔しげな顔をする。

「どういう……あっ!?　てめえまさか、最初っからアタシの尾行気づいてやがったな!?」

「さてな」

適当にはぐらかして料理を待つジグ。

ここのコーヒーは値段さえ気にしなければ実に美味かった。きっと食事も美味いに違いない。

何より自分の懐を気にしないで済む食事とは、いつだって美味いものだ。

不意の出費に財布の中身を確認するカティアを尻目に、期待を膨らませるジグであった。

「そういえば、すっかり聞きそびれていたんだが」

食後のデザートまできっちり片づけた後。

切なげな顔で伝票を見ているカティアに声を掛ける。

ちなみに食事はとても満足のいくものだった……値段さえ気にしなければ。

カティアは無言でジグの方を恨めし気に見ると先を促した。

「カティアはどっちの関係者なんだ？」

「おいおい、随分今更だな……それも知らないのにアタシの依頼を受けたのか？」

ジグのあまりの無神経さに呆れたように嘆息する。

「どちらに所属していようと、仕事内容に納得がいけば受けるからな。さしたる問題でもないだろう」

「……言葉に気を付けなよ。今のは下手をすればどちらの勢力も敵に回す可能性がある発言だ」

敵対組織の依頼でも構わず受けるというジグの言葉に目を細めるカティア。

その視線は鋭く、大の男でも怯みかねない力を持っている。相手がジグでなければそれなりに効果はあっただろう。

「ああ、気を付けよう。で、どっちなんだ？」

大した反応も見せずに軽く流すジグに、彼女は面白くなさそうに鼻を鳴らす。

「……バザルタだ」

「そうか」

(イサナと交渉していたマフィアが同じ所属だったはずだ。名前は何と言ったか……)

以前依頼を受けたマフィアの人身売買絡みの事件を思い出す。あのとき現れたくたびれた様子の中年男性がバザルタと言っていたような気がする。

あの男もそれなりの立場のように見えたし、カティアといれば鉢合わせてしまう可能性もある。

布を巻きつけていたので顔は見られていないはずだが、背丈までは誤魔化せない。武器も薙刀を持っていたとはいえ、珍しい武器という共通項で繋げられるかもしれない。

(気を付けるとしよう。彼女の言うようにマフィアから敵対視されると面倒だ)

直接向かって来るならば殺せばいいだけだが、先日のように仕事の邪魔に徹されるとジグでは手に余る。そしてそれ以上にシアーシャがその気になってしまったら止めようがない。

「では行くか。ある程度面通しを済ませておきたい」

「あれだけ食べて、食休みはいいのか?」

「言っただろう、八分目だ」

「マジかよ……」

席を立つジグに呆れ半分、驚き半分といった様子でカティアが続く。

「ありがとうございました。またのご利用お待ちしております」

四人分を平らげた上客に丁寧に頭を下げる店員。

（また来よう。誰かの奢りで）

そう決意するくらいにはこの店は良かった。

そうして依頼主と共に店を出る。

新たな依頼は初めから波乱の前兆を感じさせるもので、つまりはいつものことであった。

二章　人と道具と使い方

WITCH AND MERCENARY

（意外と小綺麗だな）

初めて訪れたマフィアのアジト其《そ》の一に対するジグの感想はそれだった。

何かの貿易業者と思しき事務所。受付も強面の男などではなく人当たりのよさそうな男性だった。

大きな犯罪組織などは外面もしっかりしているとは聞いていたが、実際に見るとまた違うものだ。

当然のように顔パスで素通りするカティアとそれに続くジグ。

事務所の奥へ足を進めるといかにもといった風体の男たちがこちらに……正確にはカティアに挨拶をする。

「レディ、おはようございます」

「「おはようございます！」」

「もう昼だよ……ただいま。あとレディはヤメロ」

男たちの唱和に、だるそうに片手を上げて返すカティア。

ぞんざいな返答をしつつも、そこには確かな親しみが感じられた。

「お嬢、お戻りで……そいつは？」

その中から一際厳つい顔つきをした男が近寄って来た。

顔に大きな傷跡を付けたその男は胡乱《うろん》げにジグを見ている。他の者も口にこそしないが皆一様に気にしており、無遠慮にジグを値踏みしていた。

人相の悪い見知らぬ大柄な男が仲間の傍にいるのだから無理もない。

「アルバ、今日はこいつを紹介しに来たんだ。今日から五日間、アタシの用心棒をするジグだ。しばらくアタシはこいつと行動するからそのつもりでな」

「ジグだ。傭兵をやっている」

ジグの紹介を受けアルバと呼ばれた男、アルバーノは深くため息をついた。

「お嬢……ボスがあれほど大人しくしていろと言っているのに」

「悪いね。じっとしていられない性分なんだ」

腰に手を当てて肩を竦めるカティアに対し、アルバーノは胡散臭いものを見るようにジグを横目で見た。

「それにしたって今回は危険すぎる。それに確かに腕は立つようですが、金で動く人間は金で裏切る」

「裏取りはヴァンノにやらせた。アタシ自身も信用できる男だと感じている。それでも気に入らないか？」

「……」

アルバーノは黙って考えを巡らせる。あのヴァンノが裏を取ったのならば確かに信用できる情報だ。

しかし冒険者ならばともかく、傭兵という人種をアルバーノは信用しきれなかった。

揺れる彼を余所に他の者が声を上げる。

「お嬢！　そいつで本当に大丈夫なんすか？　俺に試させてくださいよ！」

そう言って歩み出てきたのは一人の若者だ。

髪をオレンジと赤に染めたカラフルな男がジグに近づいてメンチを切る。

「控えろエラルド」

「アルバーノさんだって、こいつがどれくらいヤレるのか知らないとお嬢を任せられないでしょう！」

男はそう言って肩をいからせる。カラフルな男……エラルドの言うことにも一理あると考えたアルバーノがカティアを見る。

皆の視線を受けた彼女はやれやれとため息をつく。

「やっぱりこうなっちゃうか……悪いけど、良いか？」

こうなることを半ば予想していた彼女は肩を竦めてジグを窺う。

「ああ」

「……言っておくが、うちのモンに怪我させるなよ?」

カティアは心配しているようだが、ジグとて無益な争いは好まない。そしてこのカラフルな青年と手合わせするのはジグにとって無益だ。

「そう心配するな。要はこいつらを納得させればいいんだろう?」

ジグはそう言って室内の男たちをじっくりと見回した。

ちなみに正面ではエラルドがメンチを切り続けているがどこ吹く風である。

しばらくそうしていたジグがおもむろに指をさす。

そこには、面白そうにこちらを窺う男がテーブルに腰かけて酒瓶を傾けていた。

彼は自分が指さされていることに気づくと首を傾げた。

「お?」

「一《いち》」

不思議そうにする面々を放置したまま腕を動かす。

次にジグがアルバーノを指す。

「二」

「……なんの真似だ」

不審そうなアルバーノを無視し、我関せずとばかりに本を読んでいた男を指す。

「三」

「……へえ？」

最初に指された男が意図に気づいて面白そうに笑う。

少し迷ったように指を彷徨わせるとエラルド、カティアの順に指した。

「四、五……後は似たり寄ったりといったところか」

ジグはそう言って腕を下ろす。

勘のいい者はその意味に気づいて感心、あるいは警戒をしたりと各々反応を示した。

その中で最初に指された男が笑いながら歩み寄りエラルドの肩を叩く。

「はっはっは！　やめとけエラルド、お前の手に負える相手じゃないみたいだぜ？」

「エリオさんマジすか。自分、雑魚っすか!?」

「お前の腕は悪かねえよ？　ただ今回は単純に相手が悪い。さっきのは何の順番だと思う？」

「……背の順すか？」

「バッカもうお前ホントバカ！　頭の中身はクソ雑魚だなお前！」

騒ぐ彼らを余所にアルバーノがジグに向き直る。

「お前がそれなりに出来るのは分かった。傭兵は信じられんが、ヴァンノの情報ならば信じよう」

「つまり？」

彼は距離を詰めてジグの目を間近でのぞき込む。

全身から威圧を迸《ほとばし》らせてジグを恫喝する。

「お嬢に傷一つでも付けたらタダじゃおかねえ。肝に銘じておけ」

「微力を尽くそう」

「……ふん」

恫喝をしかけても微動だにしないジグに、鼻を鳴らしてアルバーノが引き下がる。

一応は認めたということらしい。

「こんなところでどうだ？」

依頼主にお伺いを立てると満足そうに頷いた。

「悪くないよ。流石に慣れてるな。しかし……」

カティアは騒いでいるエラルドを見て微妙な顔をする。

「アタシ、アレより下か……？」

「……馬鹿にするつもりはないが、護られている環境では培えないものもある。お前の仕事は兵隊ではないのだろう？」

「知ったような口を。まあいい、部屋は二階の端から二番目を使ってくれ。準備が出来たら早速行くよ」

不服そうに腕を組むカティアに頷いて階段を上る。

構成員も泊っているようでほとんどの部屋は埋まっているが、二階の奥側だけは空き部屋が続いていた。言われた部屋に荷物を置いて廊下に出ると誰かが立ってジグを待っていた。

「よう。これから出るんだろ？」

「……エリオだったか。俺に何か用か？」

ジグの見立てでは恐らくあの中で一番強い男。長身で目立った筋肉こそついていないものの、細いといった印象はまるで受けない。

実力は未知数だが、楽な相手ではないだろう。

魔獣を専門にしている冒険者などとはまた違った凄味を感じる。

「アルバーノはああ言ってたけど、あんたのことを面白く思わないやつが出るのは間違いない」

「だろうな」

事情があるとはいえ、組織の重要人物が自分たちでなく余所に頼るような行為を面白く思わないのは当然だろう。

「後ろからの刃には気を付けるこった」

「忠告どうも」

ひらひらと手を振りながら踵を返すエリオ。

ジグはその背を黙って見送る。

（内部に裏切り者、か）

奴がそうかは分からないが、カティアの思惑はどう出るだろうか。

「考えても仕方ないか。どちらにしろ俺のやることは変わらない」

自分の目的は裏切り者を探すことではない。

多少協力することは構わないがあくまでも護衛が仕事だ。

そう結論付けると待たせているカティアの所へ急いだ。

†

冒険者ギルドには昼時でも人はいる。朝や夕方の依頼受注・報告時に比べれば大分慎ましいが。

早めに仕事を切り上げた者や、今後の予定を仲間内で決めたりする者と理由はそれぞれだが。

アランたちのパーティーは後者だ。

四等級昇格直後の彼らにとって、今後の方針は非常にデリケートな問題である。地力を固めつつ評価を得て、なおかつ四等級の依頼に見合った装備を揃えなければならない。

あちらを立てればこちらが立たず、かといって全てをこなそうとすれば体がもたない。

彼らは逸《はや》る気持ちを抑えつつも着実に前へ進もうと必死であった。

「準備はもう十分だろう。ここらで一丁、でかい仕事でも受けてもいいんじゃねえか？」

パーティーの舵取り役であるライルがそう提案した。

「装備も整ったし消耗品も十分。何かあった時のための資金もある程度は確保できているし、僕は賛成かな」

資金や物資などの管理をしているマルトもそれに追従する。

「ギルドの評価は回される依頼の質にも直結してくる……私も賛成」

リスティが確認するように頷いた。

「……よし。それじゃあ、やるか」

面倒な下準備はすべて終わらせた。

四等級ともなればいよいよ一流冒険者の仲間入りだ。

彼らの年齢でここまでたどり着ける冒険者は非常に少ない。

個人が突出している上位冒険者はそれなりにいるが、全体が高水準かつ若年でまとまっているアランたちのようなパーティーは非常に珍しい。

クランのような組織に属さないことで自由な活動を維持しつつ、各方面に伝手や繋がりを作るのはとても大変で時間のかかる作業だった。

ようやくその努力が実を結んだ。

「実はいい話があってね。それに噛ませてもらうよう話を付けてあるんだ」

「なんだよアラン、やるじゃねえか」

「君にばかり頼っていられないからね」

肩を叩いてくるライル。

普段この手の細かい交渉などは彼がやっていたのだが、頼りっきりというのも座りが悪い。

マルトはアランが持ってきたという依頼に興味を持った。

「で、どんな依頼なんだい？」

「それはこれから聞くことになっている。調査系の依頼らしい」

「へえ、いいね。危険が少ない割に上からの評価は高い、まさに今僕たちの求めている依頼じゃないか」

「その代わり報酬しょっぼいけどな！」

ライルの言う通り調査系の依頼は危険も少ないが報酬も少ない。

しかし調査報告がいい加減では困るので、ある程度信用のおけるパーティーでないと任せられない。

評価値を稼ぐためだけにあるような依頼だ。

この依頼を受けるのは昇級を目指している者がほとんどのため、より評価されようと熱心に仕事をしてくれることが多いので、ギルドにも冒険者にも旨味がある依頼でもある……好意的に捉えれば。評価値を餌に報酬金をケチっているとも言える。

「ケチくせえが、今の俺たちには必要な依頼だ。バッチリこなすとしますかね」

「その意気だ」

そんなやり取りをしている彼らに声がかけられる。

「気合十分みたいね。ライル君」

アランたちが顔を向けた先、ギルドの二階へ上がる階段から一人の冒険者が見下ろしていた。

肉感的な体を法衣で包み、輝く銀の髪を靡《なび》かせた年齢不詳な美女。髪と同じ色の銀棍を手にした彼女は手すりに寄り掛かったまま薄《うっす》らと笑みを浮かべていた。

ギルドが誇る三等級冒険者。人間をやめ始めたと言われる境目。そしてアランたちが目指す場所。

「エルシアさん？　もしかして依頼の伝手って……」

「そう、私よ」

相も変わらずその瞳は眼帯に隠されている。

「上で話しましょう。あまり周りに聞かせられる話でもないの」

そう言って二階へ上がる彼女を追ってアランたちも席を立った。

†

事務所を出たジグとカティアが来たのは、以前イサナに襲われたあの裏路地だ。

バザルタの縄張りからは少し外れていて南寄り……カンタレラの端の方にある。

薄汚れた裏路地だが住んでいる者はまだそれなりにいるようだ。

「わざわざここに来た理由でもあるのか？」

「まあね。以前聞いた話なんだが、この辺りでカンタレラの下っ端が薬を捌いてたって噂があってな」

言いながら裏路地を進んでいく。その足取りは慣れたもので日頃からこの手の道をよく使っているのを感じさせた。

「薬を売るぐらいなら、バザルタでもやっていると言っていただろ？」

「そりゃまあ、多少ハイになっちまう程度の軽い奴なら扱っちゃいるけどさ」

言葉を切って彼女は表通りの方へ視線を向ける。距離こそあるが、まだ表通りの雑踏は多少聞こえてくる。裏路地ではあるがそう離れているというわけでもなく、酔っ払いなどが紛れ込んでもおかしくはない場所だ。見られたくないやり取りなどをするには少し不向きに思える。

カティアは眉をひそめて口調を低くする。

「こんな〝浅い〟ところで大っぴらに店開くのは流石にマナー違反ってやつだ。カンタレラの奴らはそういうところ、うち以上にうるさかったはずなんだよな……」

そこが懸念材料のようでカティアは唸っている。

「若いのが小遣い欲しさに暴走したか？」

「それくらいの躾ができないほど、カンタレラも耄碌《もうろく》しちゃいないとは信じたいが……ありえない話じゃないかな」

可能性を語りつつもその口調は沈んでいる。

競合相手が露骨に衰えているのを認めるのも複雑な気分になるようだ。

怪しい建物はないかと見回しながら考え込む彼女を、周囲を警戒しながら横目で見ていたジグ。

どこか既視感のある光景を眺めていると、脳裏にふと思い浮かんだことがあった。

「あ」

そう言えば以前、ここで薬物を売っているマフィアを見たのを思い出した。

(確かあの時はこの辺りの裏事情を聞こうと売人の後を尾けたんだったな)

この街に来てすぐの頃、情報をやり取りする相手を探していてこの辺りに来ていたのだったか。

その時に取引こそしなかったが、薬物売買をジグに持ち掛けたマフィアがいたはずだ。

あの時はその後のイサナのインパクトが強すぎて今の今まですっかり忘れていたが、カティアの話を聞くにこんな浅い場所で薬物を扱うのはまずないという。

無関係ということはあるまい。

「なんだよ、急に間の抜けた声出して」

そこまで大きな声ではなかったが、静かな路地では声が響く。振り返ったカティアが怪訝そうな顔でこちらを見ていた。

忘れていたのもあって少しバツが悪そうにしたジグが頭を掻いて申告する。

「薬物を売っていたというそのマフィアに心当たりがあるかもしれん」

「なにぃ!?　なんでそれを先に言わないんだよ！」

「色々あってな。すっかり忘れていた」

あの時――イサナに襲撃される原因にもなった時は、この街での薬物の扱いはそういうものとして流していたので、その異常性に気づかなかった。

ジグ自身、あれからかなり濃い日常を送って来たので薬物程度のことはすっかり抜け落ちていた。

まさかあの時のマフィアがここに繋がってくるとは夢にも思わなかったのだ。

「クソ、場所はどこだ？」

「確か、向こうの方だ」

降ってわいた手掛かりに逸るカティア。

焦る彼女を連れておぼろげな記憶を頼りに裏路地を行く。

この辺りの地形はある程度把握しているが、あの場所だけは苦い思い出もあり後回しにしていたのが悔やまれる。

売人を尾行して辿り着いた場所はもう覚えていない。

あの時見つけた店を探すのが精々だった。

「ここが？」

「ああ。戦闘用ドラッグは扱っていなかったが、イイ気持ちになれる程度の薬はそこそこあった」

小さな掘立小屋に近い店には人の気配がなく、棚には何も並んでいない。

既に引き払われた後のようだ。

それでも駄目元で二人は虱潰《しらみ》しに探してみたが、何かしらの痕跡や証拠らしきものは見つけられなかった。

「畜生、遅かったか……」

悪態をついて壁を蹴りつけるカティア。

(これで振り出しか。駄目元だったとはいえ、あとちょっとだったかと思うと腹が立つ……だがそれでも噂が本当だったってことが分かっただけでも十分、か。ジグが偶然知っていたから良かったものの……あ？)

苛ついたように頭を掻きむしった彼女がふとジグに視線を向ける。彼は腕を組んだまま視線を他所へ向けており、その表情を窺い知ることはできない。

この大男のことはある程度調べはついたが、逆に言うとある程度までしか調べられていない。

探れたのはこの街へ来る所までで、それ以前のことは何一つ掴めなかったのだ。

彼がどこから来て、これまで何をしてきたのか。幅広いマフィアの情報網を以てしてもその尻尾すら見せない。そんな傭兵がどこの世界にいるというのだろうか。

今更ながらにそのことを思い出したカティアの喉が音を立てる。

「…………なぁ。あの時アタシに絡んだチンピラが戦闘用ドラッグを使っていて、あんたがそれを倒した。そしてそのあんたがいろんなトラブルに巻き込まれたことが切っ掛けでアタシの用心棒になって、恐らくこのドラッグ騒動の始まりであるこの店についても関わってた。……偶然にしては、ちょっと出来すぎてないか？」

「……」

ジグは何も答えずどこか遠くを見ている。

その無言がカティアの纏う空気を剣呑なモノへと変えていく。

「……おい、なんとか言えよ」

返答のない相手にカティアの緊張が高まっていく。

嫌な予感が形になっていくかのように、背中を嫌な汗が流れる。

「偶然かどうかは置いておくとして」

言いながらジグが背の双刃剣へ手をやるのを見てカティアが身構えた。

腰の短刀を握り中ほどまで抜く。

しかしジグと戦うのはあまりにも無謀だと彼女は理解している。何とか逃れる道はないかと視線を巡らせて逃走経路を探す。

ゆるりと武器を抜いて、片手で持ったジグがカティアを見ぬまま答えた。

「遅くはなかったようだぞ？」

「え？」

言葉の意味を理解できていないカティアの前で、ジグがおもむろに双刃剣を時計回りに半回転させる。

少し遅れて淀んだ空気が揺れ、乾いた金属音が二回響いて何かが落ちる。音がする方に目をやれば彼の足元に二本の短矢が転がっていた。

「っ！」

何が起きたかを理解すると、すぐさま身を翻して先ほどの掘立小屋の陰に隠れて盾にする。

「てめえら、どこのモンだ！」

カティアの誰何《すいか》が裏路地に響き渡る。

それに応えたのか、暗がりから複数の男たちが現れた。

既に武器を抜いていて、とても友好的には見えない。

この辺りでは見慣れない服装と、暴力的な気配を隠そうともしていない振る舞い。

「こりゃぁ驚いたなあ。うちが昔使ってた店のあたりを探ってる奴がいるって聞いたから来てみれば……なんとまさか、あのバザルタのレディがいるとはねえ？」

先頭に立った痩身の男が粘ついた笑みを顔に張り付けて曲刀の峰をなでる。

「……アグリェーシャか」

「俺はマカール。お察しの通り、アグリェーシャで荒事を担当させてもらっている。よろしくなぁレディ？」

「その荒事担当さんがアタシに何の用だ？」

敵意を滲ませるカティアにマカールが曲刀を肩に担いでニッカリと笑う。

大きな口が弧を描き、狂気をわずかに孕んだ目が見開かれる。

「いやなに、バザルタさんにも、余所者の俺たちのことをもっと知ってもらおうと思ってなあ。折角だからウチのアジトへエスコートしようってことにしたんだ」

「悪いな、エスコートなら間に合ってるんだ」

マカールは上機嫌に話していたが、曲刀を肩に担いだまま肩を落とす。

「そうみたいでなぁ。そっちの兄さんに邪魔されちまった……で、それならまとめて全員御招待しちまおうって考えてな。……悪いけど、一緒に来てくんない？」

「一昨日きやがれ」

間髪容れずの拒絶。予想していたのか、さして反応も見せずにマカールが鼻で笑う。

「ま、そうなるわな。いいぜぇ、抵抗してくれても。その方が好みだぁ」

その言葉を合図に他の者が徐々に距離を詰めてくる。

包囲を狭めながらマカールがふと思いついたように首をかしげる。

「しかし分からねえなぁ……どうしてここが分かったんだ？　いやバレること自体は驚きゃしねえんだがよ。気づいたのがバザルタの人間っていうのが解せねえ。浅いとはいえカンタレラの縄張りだろ？　ここは」

「さあな。巡り合わせってやつじゃねえの」

先のジグとのやり取りを思い出したカティアが、自嘲気味な笑みを浮かべながらはぐらかす。

マカールは答えを期待していたわけではないようで肩を竦めたのみ。

「ほーん。ま、後で言いたくて仕方なくなるようにしてやるよ。……女は無傷で捕らえろ、男は殺せ。見せしめになるべく無残に、な」

マカールの指示と共に包囲を狭めていた男たちが動き出した。

相手の数は九人。

マカールは薄笑いを浮かべたまま高みの見物を決め込むようなので、向かってきているのは八人。

双刃剣を腰だめに構えたジグが迎え撃つべく前に出る。

突っ込んできた一人を躱し、時間差で斬りかかる二人目の剣を上刃で流す。
三、四人目の左右から同時に振るわれた長剣を双刃剣で受け止める。常人ならば二人分の長剣が叩きつけられれば押し切られるだろうが、鍛え抜かれたジグの膂力《りょりょく》はそれらを押さえてなお余力がある。
ジグの動きが止まった隙を狙った五人目が襲い掛かるのを蹴り飛ばし、力を込めて長剣二本を弾き返すと六、七人目に横薙ぎの斬撃を放つ。

剣を立てて防御する男たち。相手の武器の質はそれなりのもので、一方的に破壊されるようなことにはならない。しかしジグと男たちでは力と、何より武器の質量に大きな差があった。

結果、双刃剣は防いだ武器を強引に押し返し、胴を斬る。

「ぎゃぁ!?」

二人が止めを刺される前に慌てて割り込んできた八人目。その剣に合わせて下刃でかち上げるように弾いて斬り返す。

咄嗟に回避行動をとるが双刃剣の間合いは広い。

腿を深く抉られて体勢を崩す男。

その男に追撃は仕掛けず、そのまま大きく後ろに下がり囲まれないように距離を取った。あまり離れすぎるとカティアを危険に晒す可能性があるので深追いはしない。

人数差に加えて護衛対象への牽制をしながらの戦闘だというのにこの有様だ。数の優位に勝利を確信していた男たちの顔が歪む。

「いやー強い強い。流石に重要人物の御側付《おそばづき》なだけあるねえ」

気の抜けた拍手をするマカールは、仲間を軽くいなされたというのにその声には緊張感がまるでない。

(随分と余裕がある。それだけ腕に自信があるのか？)

疑問を覚えたカティアが相手の男たちへ視線を移す。

そしてその光景に驚愕した。

「なっ!?」

先程ジグに斬られた男たちが平然と立ち上がっていた。

決して浅い傷ではなかったはずだ。現に今も傷口からは無視できない量の血を流し続けている。

男たちは煩わしそうにそれを見ると懐から何かを取り出した。小さなケースから出てきたのは以前見た注射器だった。

彼らは真っ赤な薬液が入ったそれを躊躇いもせずに首筋に打つ。

「おぉ……ひ、ひひぁ！」

打った直後は恍惚とした表情を浮かべていた男たちが、突如として凶相を浮かべる。

変化はすぐに訪れた。眼は血走り、口は裂けたように大きく開き、涎を垂れ流している様は同じ人間と呼ぶのに抵抗があるほどだ。

斬られた腹部のことなど忘れてしまったかのような振る舞い。

実際、あれほど流していた血が止まっている。

「な、なんだあれは……？」

「……俺の知っているドラッグと違うな」

とても体に悪そうだ。

自分の知るドラッグにあそこまでの劇的な効果は存在しない。

痛みを感じなくなるだけではないだろうことは、血の止まった腹部を見てもわかる。

「そいつは特別でな？　魔獣の素材をふんだんに使った特注なんだよ。これがまた気持ちよくってなぁ……こいつを使うと、何でもできちまうんだよぉ……やっぱマフィアはたまんねぇな？」

「この、腐れ外道が……！」

うっとりとした表情で語るマカールに嫌悪感を剥き出しにするカティア。

一緒にされては心外だとばかりに吐き捨てる彼女にマカールが嗤う。

「人様に迷惑かけて食い物にして生きてる俺たちマフィアに、今さら外道とか言われてもなぁ……やり方の違いこそあれあんたらも同じ穴の狢《むじな》だろ？」

「……一理あるな」

「おいぃ！」

ジグの呟きと、思わぬ裏切りに驚愕するカティア。

逆にマカールは面白そうな顔をしてジグに問いかける。

「お、兄さん話分かるじゃなぁい。どう、うち来ない？　兄さん強いし、いい待遇で迎えられると思うんだけどなあ」

ジグはそれに答えず双刃剣を撫でた。よく手入れをされた武器は彼の頼れる相棒と言っても過言ではない。

「道具を使って戦うのは獣にはない人の優れた部分だ。何も恥じることはない」

「うんうん、だよなぁ」

「が、道具に使われて理性を失っているようでは三流もいいところだ」

「うんうん――――あ？」

マカールのこめかみがわずかにひきつる。

曲刀を持つ手に力が入り体から殺気が滲みだす。

「……ごめん。よく聞こえなかったから、もう一回言ってくれる？　あと状況理解してるよね？」

マカールの怒りにカティアが肌を粟立たせる。それまでとは桁違いの怒気と、身を刺すような殺気に体が思わず震える。

しかしジグはそれに対し、平時のように構わんぞと鷹揚《おうよう》に頷く。

「道具とは使うもので、使われるものではない。お前たちは危ないおもちゃを手にして喜んで使っているガキと同じだ」

そう告げたジグを見るマカールの顔から笑みが消えた。

曲刀を肩から下ろしその刃先を向ける。

「……オゥケェーイ、完全に理解したわ。……てめえは楽には死なせねえ。生きてることを後悔させてやるぜぇ？」

眉間を痙攣させたマカールと、常と変わらぬジグの視線がぶつかった。

「やってみろ。理性を投げ捨てた獣にできるものならな」

「すぐに証明してやるよぉ!!」

マカールの咆哮に合わせてドラッグを使用したマフィアが動く。

先ほどまでとは段違いの速度だ。リミッターを外した動きに体が壊れ、すぐに強引な再生が施される。

技も何もあったものではない力任せに振るわれる剣。

「シャァァア！」

「雑だな」

速度と力だけなら高位冒険者にも匹敵しうる剣筋を、しかしジグは一言で切って捨てた。

何の工夫もない剣の軌道を読み、間合いを正確に見切る。

一歩下がって躱すだけで、自分の速度と力を制御できていない男は大きく体勢を崩した。

斬ってくださいと言わんばかりの隙を遠慮なく突く。

力を込めて振るわれる双刃。今度は斬るのではなく、胴を両断する。

引き千切れ宙を舞う上半身を蹴り飛ばして後続にぶつける。

それなりの重量物を獣のように振り払う彼らにさしたるダメージはない。

しかし一瞬視界を遮れれば十分だ。

ジグの姿を見失った男の頭部が刎ね飛ばされる。

「アアアァ！」

「馬鹿の一つ覚え！」

味方の死すら気に掛けず男が突っ込み、上段からの振り下ろし。

双刃剣が円を描き、上刃で横に弾きながら剣の峰を押すように勢いを加える。

そのまま振り下ろされた剣は地に埋まり、同時に撥ね上げた逆の下刃が男の側頭部にめり込んだ。

最小限の動作のため勢いは大したことがないが、人間の頭蓋を砕くくらいならば十分だ。

即死させてしまえば再生力も関係がない。

「次！」

「調子に乗るなよぉ！」

声と同時、仲間を飛び越えてきたマカールが斬りかかる。

勢いをつけた頭上からの一撃を柄で受け止める。

マカールは無理に押し込まずに、曲刀を軸に反動をつけると身を翻して跳ねる。

ジグの後ろを取って仲間と挟み撃ちの形を作った。

「好き勝手やりやがってよぉ……次はこっちの番だぜぇ？」

マカールの曲刀が幾筋もの軌道を描いてジグに迫る。

鋭く的確な斬撃を双刃剣と手甲を駆使して弾き、躱し、防ぐ。

荒事担当と言っていたのは伊達ではないようで、虚実入り交えたマカールの剣技はかなりのものだった。

「しゃらぁ！」

流れるように繰り出した連撃をジグが捌く。

続けてマカールは曲刀を手の中でくるりと反転させ、峰で放つ横薙ぎの一撃をジグに受け止めさせる。

曲刀の名の通り弧を描いた刀身は防御を掻い潜り、その先端がジグの肩を捉えた。

鮮血がわずかに肩を赤く染める。

「チッ」

だが舌打ちを漏らすのは仕掛けた側であるマカールの方だ。

（くそ、浅い……！）

部下の攻撃で対応が遅れたが、それでもさしたる痛手は与えられていないのは明白。

だが、カティアのもとへ行かせぬように牽制しつつなジグも、前後から挟み込まれ思うように攻められずにいる。

「頑張るねえ！　だが、それもいつまでもつかなあ？」

そう煽りつつもマカールは内心で焦りを募らせていた。

部下の攻撃に合わせて上段横薙ぎから地を這うような下段斬り。

マカールが身を低くしたことで射線を確保した部下が火球を放つ。

更に追撃を仕掛けようとしたところで身の危険を感じ下がると、目の前を蒼い一閃が通り過ぎた。

完全に躱しているのにその風圧の凄まじさに肝が冷える。

急激な攻撃位置の落差に体勢を崩していたならば、そのまま足払いで転ばせてから如何様にも料理できたが、相手の体幹はまるで地に根が生えているように揺るがない。

上に下に、魔術や飛び道具など攻め手を変えての挟撃にも体勢を崩さないそのバランス感覚は驚異的の一言だ。

（クソが、攻め切れねえ。田舎マフィアのくせにどこにこんな隠し玉持ってやがった……女の方をどうにかしようにも隙がねえ）

既に二度、部下に女を確保させようとした。

しかしどうやって察知しているのか、行動に移そうとした瞬間を狙い斬り殺された。

もう残りの部下は三人だけしかいない。

その部下もドラッグの負荷にいつまで耐えられるか怪しいものだ。

今もまた、これまで幾人も屠って来た必殺の連撃が凌がれた。

（仕方ねえ、俺も手札を切るか）

決めるや否や大きく下がるマカール。

三人でジグの相手をすることになった部下たちが途端に劣勢に陥るが、知ったことではない。

（何を仕掛けてくるつもりだ？）

マカールの意図は読めなかったが、挟撃を脱したこの機を逃さずジグが動く。

相手の消耗を狙った守勢から攻勢へ転じる。

マカールの部下が、そうはさせじと斬りかかって来た。

足に力を込めて力強く踏み込むと瞬時に相手との距離を詰める。

驚くべきことに相手はジグの速度に対応してきた。

ドラッグによる反射速度の驚異的な向上のなせる技だ。

男は整わぬ体勢の対価を肉体へのダメージで支払いながら剣を振り下ろす。

ジグは縦に振るわれた剣をそれまでのように弾くのではなく、下から合わせるように振りぬいた。

「ふっ！」

振り上げと振り下ろし。

圧倒的に後者が有利な状況だが、結果はそれを覆した。

甲高い音を立てて正面から打ち合った相手の剣が、力負けして腕ごと上にかちあげられる。

勢いを止めず万歳をするようにガラ空きの胴体を逆の刃で刺し貫き、捻ることで傷口を抉る。

そのまま引き抜けば、相手は腹から大量の血と肉を吹き出して力なく膝をついた。

これで倒れないだけでも異常だが、それでもしばらくは動けない。

残りの二人がジグに近づくのを嫌って火球と雷撃をそれぞれ放つ。

においを嗅ぎとりそれを察知していたジグが、発射される直前に射線から身を外しつつ駆ける。

術に意識が行っていた二人は、迎撃しようとするも意識も体勢も間に合っていない。

通り過ぎざまに回転して振るわれた双刃剣が、並んだ二人の首を前後別々から刎ね飛ばした。

「ハッ！　本当にやるねぇ……」

部下が殺されるのを濁った眼で見ながらマカールが嗤う。

その視線に仲間を殺されたことへの怒りや悲しみはない。

「役立たずとは言わねえぜ？　時間を稼いでくれただけで十分だ」

その手にあるのは赤い薬液の入った注射器。

彼は愛おしそうにそれを見つめた後、首筋に打つ。

「……あぁ、たまらねえなぁ……ひ、ひひ！」

「気色の悪い！」

気づいたジグが指弾を放って注射器を破壊するが、薬は既にマカールの体内へと投与されきっていた。

体を震わせたマカールが体を掻き抱くようにして嘲笑する。

膨れ上がる威圧と殺気に警戒するようにジグが双刃剣を構えなおす。

「いくぜぇ？」

充血した目でそう言った直後。

横から見ていたカティアにすら捉えきれない速度で、マカールが駆けだした。

「っ!?　……はぁ!!」

気づけば既に間合いに入っていたマカールの曲刀。

先程とは段違いの速度を持つそれに驚愕しながら、双刃剣で受け止めるジグ。

空気が弾けるような音と重い金属音がして、カティアはようやくそれに気づいた。

突進の勢いを受け止めたジグの脚が地を滑るほどの衝撃。

（速い！　先ほどの部下はあくまでも雑兵という訳か）

下っ端のマフィアですら、歴戦の傭兵であるジグと多少は打ち合えていたのだ。

マカールほどの腕前を持つ男ならばその脅威は推して知るべし。

「今のをよく受け止められたなあ！　大したもんだぜアンタぁ！」

「抜かせ！」

気合と共に曲刀を弾き返す。

ひらりと身を翻したマカールは凶相を浮かべながら一瞬のタメを作ると、ジグの剣を掻い潜って息もつかせぬ連撃を繰り出した。

「斬り刻んでやるよぉおおお!!」

円運動を中心とした舞うような曲刀の連続斬り。

剣のみならず、足技や下位の風魔術を交えた暴風のような連撃がジグを襲う。

「何なんだ、アレは……？」

カティアが目の前で行われている戦闘に呆然としている。

とうに彼女の理解の及ばない域へ達しているため、どちらが優勢なのかすらわからない。

逃げるなりするべきかとも考えたが、迂闊に動いてジグの邪魔をしてしまう可能性を思うとどう動いていいのかすら判断できない。

それでも目を逸らすわけには行かない。

自分がこれから向き合っていかなくてはいけない問題だ。

そのためにも――

「……勝ってくれよ、頼むから」


打ち合った刃が破片と火花を散らす。

武器は曲刀の方が上質のようだが、ジグの双刃剣は頑丈さがウリの重量武器だ。

以前のように武器切断を気にする必要がないのは非常にありがたかった。

「シャラァ！」

「むん……！」

曲刀と脚撃を双刃剣で捌き、魔術を先読みして躱す。

マカールの服は特殊な素材で作られているようで脚部が非常に硬質だ。

何らかの防御術が施されているのか、勢いのついていない斬撃では通る気配がない。

頑丈な装備で包まれたその蹴りをまともに受ければ、骨折程度では済まないだろう。

曲刀と足刀。

二つの凶器に魔術を交えた至近距離特化型であるマカールは、ドラッグのブーストも合わせて苛烈にジグを攻め立てる。

「ッ……！」

躱し損ねた風刃が頬を裂いた。

マカールも徐々にこちらの先を読むように攻撃を変化させているせいだ。

流れる血にマカールの笑みが深くなる。

その一発を切っ掛けにわずかずつではあるが攻撃が当たり始める。

斬ることに特化した曲刀は、マカールの膂力とドラッグのブーストもあり、ジグが装備している程度の防具ではまともに受けることができない。

防御した手甲と脚甲が削り取られ、胸鎧にいくつもの傷跡が刻まれていく。

それに対してマカールは多少の傷など構わないとばかりに勢いよく攻め込む。

彼もジグの反撃でそれなりに傷を負っているはずなのだが、多少の傷は見る間に再生しており動きに衰えは見られない。

（この速さ、本気のイサナよりやや下といったところか）

彼女と比べるとマカールはスタミナがある。

無茶とも思えるような連撃を絶やさず放ってくるのは非常に厄介だ。

しかし違和感もある。

先程からマカールの呼吸の隙を狙っているのだが、いつまでたってもそれがない。

これほどのラッシュ、普通は息をしながら出来るものではない。

如何に訓練しようとも無呼吸での連続行動には限度がある。普通の人間ならばとうに限界を迎えているはずなのだが。

ドラッグとは何でもできる魔法の薬ではない。

肺が膨らむわけでもないため酸素の量には限界があり、それが尽きれば如何にドラッグで痛覚などを鈍らせていたところで体の動きは止まる。

とはいえ現実に彼はそれを無視して動いているのだから、他の手を使う必要がある。

(細かい傷で消耗しているようには見えない。やはり頭を潰すか心臓を抜くかしかない)

ジグは機を逃さぬように意識を集中させる。

マカールが動きに慣れて当てられるようになったようだが、こちらもそれは同じこと。

イサナを始めとして、こちらの理外の速度で動くバケモノたちにも、いい加減、目も意識も慣れた。

「よく頑張ったが、そろそろ終わりにしようヤァ!!」

「同感だ……！」

一際大きく加速したマカールが勝負に出る。

近接戦闘に自信があるためか、牽制の魔術に回す労力すら惜しんだ本気の攻撃。

その動作を、剣の軌道を、蹴りの狙いを。

この短い時間に幾度も見た剣筋から、完璧に見切る。

横薙ぎにこちらの首を狙った曲刀。

間合いの外に一歩下がりながら、同じ方向に相手の剣の峰を押すように叩いてやる。

「っ、おぉ!?」

予想外の勢いをつけられたマカールの体がわずかに泳ぐ。

崩れそうな体勢を強引に引き戻すと軸足を変えての後ろ回し蹴り。

「なんのぉ!!」

「分かりやすいな」

「っ!?」

殺意が高すぎる故に狙いが見え見えだ。

頭部を狙った蹴りをダッキングで躱すと、足が地にめり込むほどに強く地面を踏みしめる。

その音を聞いたマカールが慌てて下がろうとする。

迂闊に突っ込んできた相手のカウンターになるように、下がりながらの斬撃も忘れない。

「……あ?」

間抜けな声が出てしまったと、マカールは他人事のように考える。

――そうだった。

自分は武器のリーチの差を埋めるため、自分の最も得意で、相手の戦いにくいであろう超至近距離で戦うために距離を詰めたのだった。

だが、ジグは距離を詰めてはいなかった。ただその場で脚を踏み鳴らしただけ。

それを、こんな……。

(ただの震脚にビビッて退いちまったっていうのか……!!)

今度こそ踏み込んだジグの上段に構えた双刃剣が振り下ろされる。

間を外され、下がろうとしていた自分にはそれを避けるのは間に合わない。

「く、そがぁああ!」

無理矢理に曲刀で防御するが、重量と踏み込みに加えて最も遠心力の乗る双刃剣の切っ先は、ドラッグのブーストを用いても止めきれるものではなかった。

ジグの渾身の一撃に曲刀が砕かれ、そのままマカールの右腕が肩口から斬り落とされる。

「あがぁぁぁあ!?　い、いてえええぇぇ!!?」

ドラッグで痛覚は鈍ってはいるが、自分の腕が無くなるというショックに錯乱するマカール。

ジグは息の根を止めるためさらに剣を振るった。

「死ね」

腕を落とされて動きの鈍ったマカール。

ジグが止めを刺さんと剣を振りかぶる。

その瞬間、一筋の光が視界の端で迸った。

光は真っ直ぐに伸びて標的へ――カティアのもとへ向かう。

「な!?　……くっ！」

その光に目を剥いたジグは、慌てて身を翻すと双刃剣を放り捨てて走る。

それなりの距離から放たれたとはいえ、間に合うかはギリギリといったところだ。

「え？　……ちょおっ!?」

ジグの行動に首を傾げた後、遅ればせながら光に気づいたカティアが回避をしようとするが、光はかなりの速度で迫ってきており到底間に合わない。

あわや串刺しというところに、全力で走ったジグがカティアと光の間に割って入る。

左足で地面を抉りながら急制動を掛け、腰だめに左拳を振りかぶる。

バトルグローブのスイッチを押してカティアの胸、ジグの胴体の高さで飛ぶ光に叩き込んだ。

「ゼァ！」

最大出力で放たれる衝撃波と光がぶつかり閃光が走る。

衝突する二つの威力は同程度のようで、激しく明滅しながら拮抗する。

ジグは、衝撃波と拮抗している飛来する光の正体が矢であることに気づいた。

矢は魔術で何重にも強化されており、衝撃波とぶつかりながらも推力を失っていない。

どころか注がれている魔力量の差のせいか徐々に前進し始めた。

衝撃波をもう一発撃とうにも支えるので精いっぱいだ。

（まずい、押し切られる……！）

押しとどめていたのは時間にしてわずか。

しかしその短い時間に、またもカティアは自分が助けられたことに気づいた。

襲撃者に対する怒りと何もできない自分の不甲斐なさが頂点に達した時、思考より先にカティアは動いていた。

「……の野郎ォ‼」

気合と共に腰の短刀を抜き放つと躍り出て、ジグの拳を押し返し始めた矢に向かって振り下ろした。

蒼い軌跡が走り、矢を眩いばかりに覆っていた光がぷっつりと途切れた。

するとそれまで進み続けていた光の矢がまるでただの棒きれのように推力を失い、乾いた音を立てて地面に転がった。

ジグは無理な姿勢で崩れていた体勢を立て直すと、カティアの前に出て矢の飛んできた方向を警戒しつつ声を掛ける。

「すまん、助かった……その短刀は？」

「蒼金剛を主原料にした特注品。その辺の防御術じゃ防げない奥の手さ」

「なるほどな」

彼女が持っているのは蒼い輝きを携えた片刃の直刀だった。

いつぞや見た食事用ナイフに毛が生えた物ではなく、ダガーと呼べるほどの刃渡り。

実戦に耐えうるほど強度のありそうな材質や持ち手の造形を見るに、あのサイズでもとんでもない価格だろうことが窺い知れる。

「……おいおい、今のを止めるのかよ……冗談じゃないぜ。マカールの旦那がやられるだけはあるってことかね？」

呆れたような声は矢の飛んできた方向から響いて来た。

マカールと同じ色素の薄いくすんだ金髪をした大弓を持った男が現れると、辺りを見回して大きくため息をついた。

周囲にはマカールの部下たちであった死体が散乱している。

散らばった肉塊を足先で蹴飛ばしながらさして惜しくもなさそうに言う。

「あーあーあーこんなに派手にやっちゃってまあ。こっちで人を調達するのだって楽じゃないんだがね……まあそれは置いておくとして、ここは退かせちゃくれないかい？　そんなんでもウチの切り込み隊長なんだよ、一応」

大弓の男は悲壮な顔で出血を止めているマカールを顎で指す。

ジグはつられてそちらに視線を向けるふりをしながら、双刃剣の位置を確認する。

マカールが這って下がったせいもあり、今の武器との位置関係は丁度三角形のようだ。

武器を取ってからマカールに近づくには距離的な無駄が大きい。

カティアがウィークポイントとバレている以上、迂闊な行動をとれば即座に彼女を狙うだろう。

怠そうな態度をしているがその実、あの男には隙が無い。

武器もない状態で挑むべき相手ではなかった。

奴を仕留めきれなかったのは惜しいが、無理をしてカティアを危険に晒すわけにもいかない。

「……いいだろう。行け」

「ちっ……」

マカールを尋問できればどれほどの情報をもたらすか。

それを想像したカティアが舌打ちをするが、優先順位を考えれば無茶は出来ない。

自分が捕まるようなことがあればそれこそ致命的なことになりかねない。

ジグを警戒するようにジリジリとマカールが移動する。

途中斬り落とされた腕を拾うと大弓を持った男の所へ駆けだした。

ジグたちも動き出そうとした瞬間、マカールが叫ぶ。

「あいつは俺とやり合って消耗してる！　やっちまえぇ!!」

「っ……あいつ!?」

カティアが声を上げた時には大弓の男は矢をつがえていた。

その滑らかかつ素早い動作で男の力量が窺い知れる。

男は魔力を込めると三本の矢を同時に放った。

速度重視で最低限の強化しか施せていないが、それでも並の装甲など簡単に貫く威力だ。

Ｖの字に三射。

うち二本は回避した場合を狙っての軸をずらした牽制。

本命は中心の一射にあり、魔力を込めているのもこれだけだ。

ジグ一人ならばともかく今はカティアもいるため、身体能力任せの強引な回避は難しい。

武器は手元になく、今の防具では防ぎきれない威力の矢。ならば――

「こぉぉ……！」

ジグは深く息を吸って丹田に力を込めると、両の手を胸の前に構えて矢の軌道を見極める。

矢は既に目前にまで迫っている。

「シッ!!」

ジグが動いた。

両の腕を外側に最小限の動作で撃ち出し手甲で左右の矢を弾き飛ばす。

鏃の側面を押しのけるように叩かれた矢が逸れていく。

矢を弾いた反動を活かし広げた両腕を鋭く戻すと、一瞬遅れて飛来した本命の矢を両の掌で挟み込んだ。燐光飛び散らし、耳障りな音が響き渡る。

魔力を帯びた矢はそれでも推力を失わずに突き進もうとしたが、そうはさせじと力を込めるジグ。腕の筋肉が盛り上がり、胸元付近で挟み取った矢が両手の中で暴れ狂うのを強引に押さえ込む。

矢は先の一射に比べて強化を施す時間がなかったためやがてその勢いを失った。

「うっそぉお!?」

矢を真剣白刃取りなどというあまりに馬鹿げた力業に男の動きが止まる。

ジグはその隙に痺れる腕を無理やり動かすと、カティアの手を引いて双刃剣のもとまで走った。だが彼が武器を拾い上げるのを見る前に、我に返ったマカールと大弓の男は撤退し始めていた。

「旦那の嘘つきぃ!!　ぜんっぜん消耗していねえじゃねえかよぉ!?」

「そ、そんな馬鹿な……畜生ぉぉお!!」

男の糾弾にマカールが吠える。

騒がしく喧嘩しながら二人は走り去っていった。

「腕が取れたというのに元気な奴だ」

失血死やショック死していてもおかしくないのだが、これもドラッグの効能だろうか。

周囲を警戒して伏兵がいないことを確認したジグが、血振りをした刀身を布で拭っている。

既に戦闘態勢を解いているジグを他所に、カティアはまだ興奮が収まらないように呼吸を整

えていた。

「それで、どうする？　流石に一旦ここを離れるべきだと思うが」

「……そうだな。だがその前に、と」

カティアは無理矢理に普段通りを装うと死体の一つに近づいた。

真っ二つになった凄惨な死体に顔をしかめながらその荷物を漁る。

「中身があるやつは持ってない、か」

彼らが使っていたドラッグの注射器を取り出して慎重に仕舞う。

薬液はほとんどないが付着している成分から何か分かるかもしれない。

それを見たジグも同じように他の死体から注射器を回収しておく。

彼らは本当に下っ端だったようで、それ以外に組織に繋がりそうなものは持っていなかった。

ジグたちは回収を終えると、これ以上何かが起こる前にと足早にその場を去った。

†

二人がその場を去ってしばらく後。

騒ぎを聞きつけた者たちが集まって来ていた。

「これはまた、酷いな」

大剣を背負った中年の大男、タイロンが眉をひそめる。

彼は死体を検分すると仲間たちに伝える。

「死体は全て剣によるものだな。魔術を使われた形跡はない。死んでいるのは恐らくマフィアだろう」

「……つまりこれをやった何者かが、例のドラッグを使っている側？」

タイロンに応えたのは二本のサーベルを腰に下げたザスプという青年だ。彼は鋭い視線を周囲の死体に向けたまま推測を口にする。

タイロンは断言しないまでも、彼の推測を否定せずに周囲の死体を見回す。

「その可能性は高いな。剣でやられたのは間違いないが、斬られたというよりも引き千切られたという方が正しい。とんでもない力だ」

「あなたにも同じことができるかしら？」

疑問を投げかけたのは銀髪の眼帯をした女性、エルシアだ。

この三人は彼女を中心とした冒険者パーティーで、今回のドラッグ騒動の調査依頼をギルドから受けていた。

当然のことながら、この街に関わるギルドもドラッグのことは耳にしている。

しかし当事者であるマフィアたちと比べると、その情報が遅れているのは無理からぬことだ。

立場もあり大っぴらにマフィアに聞くわけにもいかないため、より深い情報に関しては自分たちで集める必要がある。

エルシアの疑問に、タイロンは背の大剣を手にしながら難しい顔で頷いた。

「……同じことをするだけならば、できる。相手の数、状況次第ではあるがね。……だが人間を殺すのにここまでする必要はない。やはりドラッグを使うと力を得ると共に理性も吹っ切れてしまうというのは本当らしいな」

「薬に振り回されるような三流らしい殺しってことか」

ザスプが軽蔑を隠しもせずに毒づく。

ここまで自分たちの実力で上り詰めてきた彼らにとって、薬に頼るような行為は認められるものではなかった。

「油断はするなよ？　その辺りのチンピラだろうと、十分脅威になることの証明でもあるんだ」

「ふん、そんな奴らに後れを取るほどぬるい生き方してきてないよ」

諌めるタイロンにザスプが鼻で笑う。

口ではそう言いつつも、彼が警告を正しく理解しているのを知っているタイロンは、それ以上何も言わない。子供扱いされたくはないが、先達の忠告を受け入れないほど子供ではないザスプと、才能故に無茶をしがちな若者を構いたくなる年長者のタイロン。

いつものやり取りを薄く笑いながら見ていたエルシアが方針をまとめる。

「マフィア同士で潰し合ってくれているだけならともかく、一般人にも被害が出始めている。早急に対処する必要があるわ。この戦闘で生き残った方を捜しましょう。この辺りの人に聞きこみが必要ね……私とタイロンで聞き込み、ザスプはこのことをアラン君たちにも伝えて、彼らと連携して情報収集」

「了解」

頷いたザスプがすぐに動く。

エルシアたちも手分けして聞き込みを始める。

この辺りはマフィアにもなれず、表にもいられなくなったはみだし者たちのねぐらが多くある。

金を握らせさえすれば情報提供者には事欠かない。

無論、自分たちの情報も金でいくらでも売り払うのが困った点だが。

そうして集めた情報をもとに彼らは動く。

バザルタ、カンタレラ、アグリェーシャ、そして冒険者ギルド。

この街は今、様々な思惑と情報が錯綜する混沌とした状況にあった。

†

襲撃者たちを撃退したジグたちは、尾行を警戒して遠回りしながら拠点へと向かい、追手がいないことを確認すると事務所に駆け込んだ。

「お嬢、おかえりなさ……一体何があったんすか!?」

ただ事ではない様子のカティアと返り血で汚れたジグを見たエラルドは、慌てた様子で騒ぎ立てる。

その声を聞いたアルバーノたちは、血相を変えて武器を片手に駆けつけて来た。

アルバーノは強面をさらに険しくしながら詰め寄ってくると、大声でカティアに叫んだ。

「お嬢！　ご無事ですか!?」

「アタシは平気だよ。怪我一つない。ジグが護ってくれたからな」

アルバーノは鬼の形相でカティアに怪我がないことを確認すると、頭を下げカティアの方へ向き直った。

「ご無事で何よりです……お前も御苦労だったな」

「気にするな、仕事だ。後は任せていいか？　着替えと武器の手入れをしたい」

ジグの服は返り血と肉片が付いて酷い有様だった。

毎度のことながら防具もボロボロで役割をなしていない。

「今日はもう外に出るつもりはないし休んでいてくれ。……後でお湯を持って行かせる。部屋汚すなよ？」

「そうさせてもらおう」

カティアにそう言われたジグは部屋に向かう。その背に先ほどまで演じていた死闘の疲れは見られなかった。

ジグの背を見送ったアルバーノがカティアに尋ねた。

「一体何があったんです？」

「順を追って話す。色々、面倒なことになって来たよ……ヴァンノは？」

「今は外しています。奴も相手の動きを探るのに苦心しているようで」

「なら朗報だ。奴ら、どうやらカンタレラの下っ端を使っているみたいだ」

「なんですって？」

突然もたらされた情報にアルバーノも驚きを隠せない。

長くなりそうだと悟ったアルバーノは、カティアに椅子を勧めて水差しとコップを差し出す。

カティアは足で行儀悪く椅子を引き寄せ、水を飲んで一息つくと先ほど起こったことを細かに伝えていった。

「……なるほど、そんなことが。まさか、カンタレラの末端が糸を引いていたとは。このことはカンタレラ側も当然気づいているでしょう。それなのに何のアクションもないのは……」

「言えるはずないだろうな。自分たちの下っ端が薬に狂って外のマフィアの手引しました、なんて」

もしそんなことになれば面目丸つぶれどころの話ではない。

求心力を失ったマフィアの行く末は悲惨なものだ。

どうにかして内々に収めようと身内に緘口令《かんこうれい》を敷くだろう。

彼らの縄張り内に手がかりがあるならば、バザルタも迂闊には手が出せない。

（そうか。だからあのマカールという男も、バザルタ側の人間がいることに驚いていたのか）

それならば奴らの動きや尻尾を掴めないことにも得心がいく。

「しかし話が大きくなりすぎたな。今回は表側にも被害が出ているため、ギルドも首を突っ込んでくるだろう」

「いえ、もう動き始めています」

「何？　随分早いな……」

予想外の動きの早さにカティアが眉をひそめる。

マフィアと違ってギルドは公的機関のため、動くには手続きや上への報告に加えて危険度の判断など多くの手順がいる。

また冒険者たちにも暮らしや仕事があるので、すぐさま人を集めるというのが難しい。

今回の行動速度は異例と呼べるものだった。

「……これはまだ正式な情報ではありませんが、冒険者側にも被害が出たという話です」

聞きたくなかった情報にカティアがこめかみを押さえて天を仰いだ。

この場合の被害とは、襲われたということではない。

基本的に自己責任の冒険者が暴漢に襲われたくらいで、ギルドが本格的に動くことはあまりない。

襲ったのが冒険者ならまだしも、通常の犯罪者の捜索など憲兵の仕事だから当然ともいえる。

仮に動くとしてもクランが先で、ギルドは多少支援するくらいだ。

つまりこの場合の被害というのは……。

「冒険者たちにもドラッグに手を出す馬鹿が出たか……」

以前報告にあった怪しげなドラッグを使っていた冒険者たちの事だろう。なにを使っているかまではこちらでも掴めなかったが、この対応を見るに十中八九あたりだ。

「まずいですね。そこいらのチンピラ程度ならともかく、冒険者があのドラッグを使ったとしたら手に負えなくなる」

曲がりなりにも魔獣との戦闘を生業にしている彼らがドラッグを使えば、その危険度はマフィアの比ではない。高価な魔獣の素材を使用した武具に身を包んだ彼らは、ある意味で魔獣以上に厄介な存在だ。

「……そっちの対処は冒険者たちに任せよう。アタシらの知ったことじゃない」

「それが一番かと。取り込まれた冒険者の情報を手に入れ次第、ギルド側に流します」

カティアは情報だけ仕入れてこの件には触れないことにした。バケモノの対処はバケモノにやってもらうのが一番だ。

「この話、ヴァンノにも伝えておいてくれ」

「了解です。……お嬢、話を聞いていて気になったことがあるんですが」

アルバーノの疑問はカティアも分かっている。

何より自分も一度はそう考えたし、今でも状況だけ見れば十二分に怪しすぎる。疑わない方がどうかしている。

カティアはコップの水を飲み干してその縁を撫でながら吐き出すように口にした。

「分かっているよ……ジグのことだろう？」

名状しがたい男の名を口にすれば、アルバーノは視線を鋭くして頷いた。

「何から何まで怪しすぎる。奴がいったいどこまでこの件に関わっているのかすら見えない。敵なのか味方なのか分からない奴ほど手に負えないものはありません」

ジグからもたらされた情報と彼の行動。それら全てを偶然で済ませられるほどアルバーノは楽天的ではない。

「お前の疑問は尤もだが、あいつがマフィア側ってことはないよ。現に幹部格の男の腕を斬り落としてみせた。邪魔が入らなければ……いや、アタシという枷が無ければ増援も含めて皆殺しにしていただろうさ」

　自分たちが手を焼いているアグリェーシャの幹部他数名をさしたる被害も出さずに、どころかお荷物を抱えて撃退したという事実にアルバーノの目が見開かれる。彼の手が無意識に腰の得物へ添えられた。

「……それほどでしたか、あの男は。つまりお嬢を殺すにしても攫うにしてもどうとでもできたと？」

　カティアはそれに返さず視線のみで応えた。

　彼女は席を立つと窓際まで歩いて外を見る。薄暗くなり始めた外と仕事を終えて帰路に就く者たちの喧騒が遠くから聞こえてきていた。

「奴を懐に置いておくのが危険だというのは分かっている。だがそれ以上に、あいつが敵の側に付いた時の方が怖い。あれだけの戦力を持つ者がどこにも属していないというだけでも危険なのに、金次第でどこにでも付くなんて言っているんだぞ？　リスク込みでも見えるところに置いておかないと怖すぎる」

「……引き入れますか？」

　マフィアに勧誘するというアルバーノの提案に首を振る。

　そこまで判断する権利は自分にはないという意味もあるが、ジグが了承する絵が浮かばなかったという方が強い。

「とにかく今は目の前の問題に注力しよう。なに、上手く使えばこれ以上ないくらい強力な手札になるんだ。給料分はこき使ってやるさ」

†

事務所の空き部屋でジグが武器を研いでいる。

「……細かい傷が目立ってきたな」

蒼い刃を磨きながら刀身を眺める。

マカールの武器はかなりの業物だったらしい。あれだけの重量差がある武器だというのに、まともに打ち合えていたのがその証拠だ。

最後には腕ごと叩き斬ったが、かなりの力業だった。

これから先、あれと同等の武器を持った相手が出てくると厄介だ。同じ重量武器だった場合一方的に破壊される可能性があるのはまずい。

となると買い替えが選択肢に上がってくるのだが……。

「七十万かかったんだがな……」

今より良い武器を手に入れようというのだから、当然今より高額になる。

普通なら今使っている武器を下取りなどに出すのだが、使用人数が圧倒的に少ない双刃剣を下取りに出したところで、断られるか二束三文になることは目に見えている。

「それ以前に在庫があるのだろうか……」

大きな武具屋でも二本しか置いていなかったのだ。ジグの望むような武器があるとは考えにくい。

そうなるとオーダーメイドしかないが、費用も時間もより多くかかる。

しかしそろそろ動いておかないと、いざ破損したときに造るまで何ヶ月もかかりますでは困る。

「金、足りるか……？」

稼ぐ金額は増えているのだが、それ以上に手練れを相手にすることが多いため買い替え速度が追い付かない。今回は手甲を駄目にしたし、防具などもう何度壊したことか。

「……やれやれ。いつになっても出費に悩まされるのは変わらんな」

傭兵団に所属していた時は、諸々の処理を事務方に任せていたので気楽なものだった。

その当時からすれば確実に収入は増えているはずなのだが、失われていく額も大きいため妙に損をした気持ちになってしまう。

そうして頭を悩ませていると扉がノックされた。

「邪魔するよ」

応える前に入って来たのはカティアだった。

彼女は双刃剣を興味深そうに眺めると、次に破損していた防具に目を向ける。

「派手に壊れているね」

「それぐらいには強敵だったさ」

「明日あたり買い替えるか？」

それぐらいだったら寄り道してても構わないと言ってくれるカティア。

「そうしたいところだが、先立つモノが……む？」

言いかけたジグが先日の契約を思い出す。


〝期間は五日で日当十万。これは拘束代金で襲撃があった際には別途十五万支給する。破損した装備等は必要経費でこちら持ち……常識の範囲内でな。消耗品は要相談〟


「そうだった！」

「うわ！　なんだよ……？」

突然声を上げたジグにカティアが身構える。大声というわけではないが、ジグの声はその体躯もありよく響くのだ。

「こんな好条件珍しいからすっかり忘れていたぞ。確か装備品の破損はそちらでもってくれるんだったたな？」

カティアは面食らったようにしていたが、聞かれた内容にそんなことも言ったなと思い出す。

「ああ、確かに言ったな。ついでに常識の範囲内って言ったことも忘れないでくれよ？」

「心配するな、無茶なことは言わんさ。いや助かった。毎度これではいくら稼いでも赤字になってしまうところだった」

経費が安く済むことになったジグは機嫌がいい。

（……なんか、アタシだけ無駄に気を張っているんじゃないだろうか？）

ジグの動向が気になって様子見に来たカティアは、肩透かしを食らったような気持ちになった。

一瞬緩んだ気持ちを引き締めると襟を正す。

それはそれとして、言っておかねばならないこともある。

「ジグ。その……悪かったな。あの時疑ったりして」

あの時は危急の事態だったのでうやむやになってしまったが、疑われた方は気分のいいものではないだろう。

唐突な謝罪に機嫌よく武器を磨く作業に戻っていたジグは、肩ごしにちらりとカティアを見た。

「そんなことか……別に構わんぞ。というより、マフィアならそれぐらいの猜疑心《さいぎしん》を持つのは当然だ」

最近疑われ慣れてきたしな。

ジグは思わずそう口から出そうになってしまったが、悲しくなったのでやめた。

しかしカティアはそれでも引かなかった。

「それでも、謝っておきたかったんだ」

切れ長な目を真っすぐに向けてくる彼女に、ジグはしばし沈黙した後、短く返した。

「……そうか。謝罪を受け入れよう」

「明日もまたよろしく頼むよ。……武器の手入れ、見ててもいい？」

唐突な彼女の申し出だったが、ジグは深く追求せずに好きにしろと返す。

カティアは椅子を足で行儀悪く引き寄せると、背もたれに両腕を重ねてジグが武器を磨くのを見ている。

（……まだ疑いは晴れていないと見るべきか。我ながら本当に怪しいしな）

だがいくら疑われていようと自分のやることは変わらない。

彼女たちが無駄骨を折ることになろうとも、そこまでは関与できないのだから。

†

七等級に上がってから許可が下りる資料は今までのものと一味違う。

そう話には聞いていたが、実際読んでみるとその言葉の意味が実によくわかる。

「いやはや、人間の探求心や知識欲ってとんでもないですね……寿命のせいでしょうか？　あの行動力はどこから湧いてくるんでしょう」

資料室の奥の一角で読み終わった本を積み上げながら、シアーシャがつぶやく。

魔女とは言っても長寿で生まれながらに強大な魔力を持つことと、その扱いが上手いだけの存在だ。

何代もの知識の継承と無数の人による閃きに、長生きと力が取り柄の魔女一人が勝てるはずもない。

「魔女同士の協調性とか皆無ですからね」

偶然出会ったとしても無視するか、殺し合うかの二択。

知識の共有など行われようはずもないのだ。

さて、次は何を読もうかとシアーシャが頭を悩ませる。

既に許されていた本は一通り読破してしまった彼女だが、ここで借りられない魔術書なども気になっていた。

「この分なら借りられない魔術書にも期待が膨らみます。……でも値段がなぁ。高いんですよねー」

より突っ込んだ内容を記してある魔術書は値が張る。

揃えなければいけない消耗品や装備も考えるとあまり散財は出来ない。

「……私もなにか稼ぎ方を増やしましょうかね。ジグさんがいないときにパッとできるような依頼でもあればいいんですが」

本を戻すとすっかり顔なじみになった司書に頭を下げ資料室を後にする。

ギルドの一階に降りると貼り出されている依頼を眺める。

一階は普段、依頼の取り合いでごった返しているが昼時は流石に人が少ない。

冒険者もいるにはいるが、早く仕事が終わったか仲間内でミーティングをしているものばかりだ。

だがそれは既に割のよさそうな依頼が取り尽くされていることと同義でもある。

「うーん、ろくな依頼がありません」

この時間帯で残っている依頼というのは手間がかかる割に微妙な報酬か、報酬はいいが非常に危険な依頼だけだ。

前者は言うに及ばず、後者は今の等級では受けられない。時間が空いた時に手軽に稼げる依頼などそうそうあるものではなかった。

「まあ、リンディアさんたちの言う儲け話とやらを期待しますか」

先日誘われた彼女たちのパーティーとは、今日ギルドで待ち合わせている。だからこそ宿に持ち帰らずに資料室で魔術書を読んでいたのだが。

「あら、シアーシャさん。何かお探しですか？」

「どうも、シアンさん。何か割のいい依頼でもないかと探していたところです」

ふらふらと依頼を眺めていたシアーシャに話しかけてきたのは、いつもの受付嬢だった。

冒険者になってから何かと世話になっているので、シアーシャも彼女とは話すこともちょくちょくあった。

「お暇でしたら一緒にお昼でもどうですか？」

シアンと呼ばれた小柄な受付嬢は併設された食事処を指してそう言った。

昼時とはいえ態々ギルドまで来て昼食を摂る冒険者はほとんどいないので、この時間帯は職員が食堂代わりに使っていることが多い。

（そういえばここでご飯を食べたことはありませんでしたね……周りの視線がうるさいし。今ならちょうどいいかもしれません）

周囲の視線をあまり気にしないシアーシャとはいえ、常に人目があるのを煩わしく思うことはあるのだ。シアンはその中でも共にいて苦にならない分類の人間だ。

「それじゃあ、お邪魔してもいいですか？」

「はい、もちろんです。あ、他に一人いますけど構いませんか？」

そう言ってシアンが向けた視線の先を追うと、食堂のテーブルに着いていたもう一人の女性と目が合った。

美人だが非常に不愛想なその顔は何度か見た覚えのあるものだ。

確か、アオイと言ったか。

少し悩んだが、物静かな彼女ならば問題ないだろうとシアンに頷く。

「はい、大丈夫ですよ」

「良かった。それじゃ行きましょ！」

ちょこちょこと歩く小柄な彼女は小動物染みていて愛嬌がある。

微笑ましいその姿に頬を緩めながらついていき席に座る。

「こんにちはシアーシャ様」

「どうも。お邪魔しますね」

アオイに会釈してメニューを眺める。

肉も魚も一通りは揃っているようだが、あまり派手目の料理は置かずにまさに食堂といった感じだ。

「ふむ……悩みますね」

「ここは海老とイカの海鮮アヒージョがおすすめですよ！」

「む、それは心惹かれる響きですが……ヒレ肉のシチューも気になります」

「では別々に頼んでシェアしましょう！」

肉か魚かで揺れるシアーシャはその厚意に甘えることにした。

料理を頼んで待っている間に雑談に興じる。

「ギルドの職員は大変ですか？」

「うーん、大変ではありますけどやり甲斐もありますよ！　最初は強面の人が多くて委縮しちゃいましたけど……慣れました。意外と女性も多いですし、本当に怖い時はアオイさんが助けてくれますから」

そういえば、以前ワダツミの冒険者に食ってかかられていた時もアオイが対処していた。

「冒険者がギルド職員に手を出すなんてまず起こりえないんですから、もっと堂々としていて良いのです。万が一そうなったとしても誰かしらが止めに入りますから」

「理屈では分かっていても、怖いものは怖いんですぅ！」

淡々と述べるアオイに抗議するシアン。

仲が良いのだろう。言い合っているように見えて二人ともお互いへの気安さと気遣いが見て取れる。

話していると話題がシアーシャに移って来た。

「それにしてもシアーシャさんは凄いですよね……歴代でも最速に近い昇級速度じゃないですか。やっぱり元々高名な魔術師だったりします？」

「シアン、あまり人の事情を詮索するのは感心しませんよ」

身を乗り出して興味津々といった様子のシアン。

諫めるアオイもどことなく聞きたげな雰囲気を漂わせていた。

「高名な魔術師だなんて……森の中で一人暮らしていた田舎者に過ぎませんよ。戦うのはそれなりに得意ですけど魔術は独学ですし」

「登録に来た時もそう仰ってましたね。シアーシャ様はマニュアル式ですよね？　独学でそれだけできるなら自信を持ってください」

魔術刻印を用いたオートマチック式に比べると、構築速度も遅く難易度も段違いの魔術様式。

多様性に圧倒的な利があると誰もが知りつつもオートマチック式を選んでしまう程度には難しい術式であり、それを自在に操るのは一流の魔術師である証だ。

「ありがとうございます。……それもこれも、ジグさんのおかげです。彼に出会わなかったら、私は一生をそこで終えていたかもしれません」

思えば何とも数奇な出会いだったものだろうか。

当時のことを思い返すと自然と口端が緩む。

あの討伐隊にジグがいなければ。

あの時私が勝ってしまっていたならば。

ジグの依頼主であったという領主の息子が死んでいなければ。

そして、自分が声を掛けていなかったのならば。

どれか一つでも違っていたならば私はここにいない。

外の世界を知ることも。

他人とこうして話すことも。

ましてや異大陸に来て魔術の勉強ができることも。

全て彼の協力によるものだ。

だからこそ私は、彼を――


「ジグさんですか……強そうですよね、あの人。顔がもう強そうなんですけど、実際どのくらい強いんですか？」

話のタネがシアーシャからジグに移る。

基本的に受付での報告はシアーシャがしているので、直接関わりのないシアンはジグのことをよく知らない。精々が外部同行者申請の手続きをする程度だ。

彼女の疑問に答えたのはアオイだった。

「強いですよ、かなり」

「あれ？　アオイさんあの人と親しいんですか？」

意外なところからの返答にシアンが目を丸くする。

アオイは少しばつが悪そうにシアーシャを見た。

気づいたシアーシャが気にするなという風に首を振る。

「以前、弟の勘違いでご迷惑をおかけしてしまったことがありまして……ワダツミのベテラン冒険者複数人を蹴散らし、ミリーナ、セツの両名を手玉に取ったとか」

「……滅茶苦茶強いじゃないですか。ハルト君、何やっちゃってるんですか」

「全くです。あの青二才が、少し認められたからと調子に乗って……」

無表情なアオイが眉間にしわを寄せ、弟への当たりが強い姉に苦笑いする二人。

タイミングよく料理が届いたので一旦話を中断して食事に集中する。

シアーシャがアヒージョの良い匂いに期待を膨らませながら口へ運ぶ。

海老のぷりぷりとした触感とたっぷり染みたオリーブオイル、ニンニクがたまらなく美味しい。

「ん〜！」

バゲットをオイルに浸して食べるとまた格別だ。

シアンと分け合ってシチューを口にすると、また違った濃厚な味わいが食欲を刺激する。

「シチューとっても美味しいです」

「この牛ヒレシチューは近くの肉料理屋さんが監修した力作らしいですよ」

「ギルド長が食にうるさい方なので。職員としては助かっていますが」

（美味しいけど、ジグさんには物足りなそうですね）

シアーシャは食事に舌鼓《したつづみ》を打ちながらも、意識の端でそんなことを考えていた。

女性三人はそうして姦しく食事を続け、器が空になる頃には彼女たちの休憩時間も終わりかけていた。

「さて、そろそろ昼休憩も終わりですね。シアーシャさん、付き合ってくれてありがとうございました」

「こちらこそ、また誘ってください」

手を振って業務に戻るシアンを見送る。

しかしアオイはそれに続かず、一人残ってシアーシャの方を見ていた。

「どうかしましたか？」

何か用があるのかと思い問いかけてみると、真剣な顔をしたアオイがそっとシアーシャに耳を打つ。

「……シアーシャ様。ここ最近、妙なものに手を出している冒険者がいるという噂があります」

きな臭い話にシアーシャが目を細めた。

「妙なもの、とは？」

「分かりません。まだ上で情報収集している段階のようで、一職員である私まで話が下りてきていないのです。……お気を付けを。女性一人の魔術師は不逞の輩には格好の獲物に見えます。

なるべく彼の近くに、でなくとも一人になりませんよう」

アオイは真剣に心配しているようだ。

人に心配されることを嬉しく思いながらもシアーシャは妖しく笑う。

「――はい。勿論です」

「……っ！」

その笑みに底知れない何かを感じたアオイの身をわずかな怖気《おぞけ》が襲う。しかしそれを確かめようとしたときには既にシアーシャは背を向けていた。

†

「こんにちはシアーシャさん。ごめん、待たせちゃった？」

「いえ、お昼ご飯にしていたので大丈夫です」

ギルドに戻ると待ち合わせをしていたリンディアが駆け寄ってくる。

どうやらパーティーではなく、リンディア一人のようだ。

前衛で戦う彼女は軽鎧と片手剣に盾を装備した手堅いもの。戦法も実に手堅く以前共に冒険業をした時には目立った功績こそないものの、魔術師の火力を最大限生かせるようにうまく立ち回っていた。

「それで、どんなお仕事なんです？」

儲け話とは聞いていたものの、内容は詳しく知らない。調査系の仕事だとは聞いているが、具体的に何を調査するのかも不明のままだ。

「うん、実はね……ここ最近怪しい動きをしている冒険者の調査なんだ」

「冒険者の……ですか？」

てっきり魔獣か何かの調査依頼だと思っていたシアーシャは首を傾げた。

リンディアは声を潜めると顔を近づけ、至近距離で見たシアーシャの美貌に頬を赤らめてから話し出す。

「……冒険者っていっても結局は粗暴な荒くれ者の集まりみたいなものだからね。悪い事する人も結構多いんだ。まあ多少のおいたは自己責任でギルドも知らん顔しちゃうんだけど……」

「今回はそれが見過ごせない段階になった、ということですか？」

「そうみたい。ああ、もちろんずっと調べる訳じゃないから安心して？　今日一日は私たちで調べて後は別の人に引き継ぐだけの簡単なお仕事だよ」

リンディアが詳細な内容を説明する。

調べる対象は八等級の冒険者五人組。上がりたてというわけでもなく、既に昇級から一年が経過している。才能がない……というよりも他に問題がある者たちのようだ。稼いだ金を酒や女や賭博につぎ込み、装備の更新や鍛錬を怠っている、よくいるタイプの落伍者。

それ自体は特に問題はない。本人たちが満足しているのなら他人が口を出す問題でもないし、そういう生き方もある。問題はそんな生き方はそう長くは続かないということだ。

怠ければ体は衰え、仕事の稼ぎも悪くなる。しかし真剣にやり直すほどの真面目さがあればそもそもそんな生き方はしていない。

結果彼らは安易な稼ぎに走り、法を犯すようになった。多少の窃盗程度ならギルドも関与しなかっただろうが、それが怪しい密輸品の売買に関わっていたとなれば話は別だ。

「ギルドの依頼で街を出入りする冒険者がご禁制の品を密輸していた、なんて話が表に出ればまずいことになるからね」

ギルドの依頼は魔獣討伐が主だが、商会の輸送隊を護衛する依頼などもある。その際に街を出入りするときは検問なども緩くなりがちなのだ。それを悪用されればギルドも黙ってはいられない。

「なるほど。それで調査依頼なんて地味な仕事にギルドがお金をいっぱい出してくれたと」

「あはは……まあそういうことだね。どう？　結構おいしい依頼だよ」

言いながらリンディアが指を立てて提示した金額は、シアーシャを満足させるに十分なものであった。前々から欲しかった魔具もあり、お金はいくらあっても足りない。

身を乗り出したシアーシャはリンディアの手を握ると、二人で笑いあう。

「その話、乗ります！」

†

大通りから外れた富裕層地域のとある高級レストラン。

様々な組合や幹部などその筋の者たちが会合に使うことで有名なその店は今、マフィアの貸し切り状態となっていた。

その店の顔ともいえる豪奢な大広間で二人の男が向き合っている。

一人はバザルタの次期首領とも目されるヴァンノ＝ロータス。

その彼の正面に座っている老人こそがカンタレラ首領、ベルトルド＝ロマーニ。

二人は背後にお互いの部下を引き連れて睨み合っている。

「……さて、俺を呼び出した理由を聞かせてもらおうか。ヴァンノ？」

話を切り出したのはベルトルドの方だった。

豊かな腹を揺らして喋るその様は滑稽にも見えるが、彼の鋭い眼光がその感想を覆す。

対してヴァンノはいつものくたびれたトレンチコートに葉巻を片手で弄んでいる。

「今日はうちの招待に応じてくれて感謝しますよ、ドン・ベルトルド」

「こんなもん送りつけられちゃあな。無視するわけにもいかねえだろ」

ベルトルドがテーブルの上に何かを放る。

乾いた音を立てて転がったのは注射器だった。

カティアから受け取ったアルバーノが、報告用にとヴァンノに流したものだ。

それが何かを知っているカンタレラが無視できないのは分かっていた。

ベルトルドはドスの利いた低い声でこちらに問いかけてくる。

「……こいつをどこで手に入れた？」

「いやですなドン。分かり切ったことを聞かないでくだせえよ」

ベルトルドの鋭い眼光に粘ついた笑みで返す。

視線が険しさを増すが、ヴァンノはどこ吹く風と飄々とした態度を崩さない。

やがてため息をついたベルトルドが根負けしたように話し出した。

「……ウチの庭先で随分派手にやらかしてくれたじゃねえか？　死体を片づけるのもただじゃねえんだぞって、おめえんとこのお姫様に伝えといてくれねえか」

「うちのお嬢はお転婆でね。俺程度で止められる御方じゃねえんですわ」

あの騒動はカンタレラ側も当然把握していた。

バザルタ側がどの程度まで知って動いていたのか探ろうとしていたベルトルドは、ヴァンノの態度からそれを悟る。

「……回りくどいのは無しだ。本題に入れや」

「流石、話が早くていい。……今回の件はうちで方を付けさせてもらいたい。そちらにはあくまでも傍観者を務めてもらいますぜ」

このことを黙っている代わりに、美味しいところはこちらに寄こせと伝える。

ヴァンノの要求にカンタレラの幹部たちがいきり立った。

外敵の駆除に尽力したのがバザルタだと伝われば、組織の影響力も大きく高まる。

カンタレラの庇護下にあった組合や下部組織なども身の振り方を考えるだろう。

「ふざけるなっ！　うちの縄張《シマ》りで起きた問題に、余所が口突っ込んでくるんじゃねえ!!」

「――黙れ三下がぁ!!　てめえらが自分のケツもろくに拭けねえからこっちが仕方なくやってやろうってんだ！　一丁前な口叩くんならまず通すべき筋ってもんを通してから言えクソガキィ！」

テーブルに拳を叩きつけて返されたヴァンノの啖呵に、吠えていたカンタレラの幹部が気圧される。

怒号を上げる彼にそれまでの昼行燈染みていた雰囲気はなく、あまりの変貌ぶりに言葉を失ってしまう。マフィアの大幹部としての気迫がそこにはあった。

それを受けたカンタレラの幹部たちの反応は二つ。

怯むか、戦闘態勢に入るか。

日を殺気立たせた武闘派の幹部たちが自らの得物に手を当てる。

それに応じてバザルタ側も臨戦態勢をとった。

緊迫した空気が部屋中に広がり、先ほどとは意味合いの違う睨み合いが始まる。

「……よせ」

一触即発の彼らを制したのはベルトルドだ。パイプを取り出し脇にいた部下に火を付けさせている。

カンタレラの幹部たちが戸惑うように戦闘態勢を解くかどうかで迷っている。

「しかしボス……」

「二度は、言わねえぞ」

それでも食い下がろうとした若い幹部は見もせずに言い放った言葉で黙らせる。

自分たちのドンの怒りを帯びた声音に青い顔をして部下たちが引き下がる。

ヴァンノは先ほどまでの気迫はどこへやらとばかりに、へらへらとそのやり取りを見ていた。

バザルタの幹部たちは指示を仰ぐようにヴァンノの方を見ると、彼はひらひらと片手を振って応える。

それを見た幹部たちは、無言で戦闘態勢を解いて何事もなかったかのように直立した。

その様子を見たベルトルドは練度の違いにため息をつく。

「……ガスパロの野郎は跡継ぎに恵まれていて羨ましいぜ」

「ドンにそう言ってもらえると自信が付きますな」

心にも思っていないことを……そう悪態をつきたくなるのを堪えるように眉間を揉むベルト

ルド。

　しかしカンタレラとてやられっぱなしという訳ではない。

「だがよぉ、うちも間抜けばっかりじゃねえんだぜ？　……てめえらが下抑えきれなくて人身《ジン》売買《バイ》に手ぇ出したってのもしっかり聞こえてきてる」

　ベルトルドがパイプを咥えたまま何気なく口にしたカウンターの一撃は、見事にヴァンノの脇腹を捉えた。

（気づいていたか。地獄耳爺が……）

　盛大に舌打ちしたい衝動を抑えて葉巻を口にすると部下がすぐに火をつけた。

　紫煙を燻《くゆ》らせて思案するヴァンノにベルトルドが笑う。

「お互い知られたくないことがあるって立場は同じなわけだ？」

「冗談言っちゃいけねえよドン。こっちはあちらさんとも話ついてるんだ。穏便にってな。先走ったバカ以外は誰も死んでいないし、被害も出ちゃいない」

　痛いところを突かれたベルトルドが渋い顔をして嘆息する。

　とはいえヴァンノも表情程楽観的でいるわけでもない。

　確かに加害者被害者共に納得した件ではある。

　仮に明るみに出たところでカンタレラほどの被害は出ない。だがバザルタも世代交代が進み始めているナイーブな時期だ。ただでさえアグリェーシャとの騒動もあり、あまり組織内部に波風を立たせたくないのも事実。

「七：三。これで手を打ちましょうや、ドン」

「……仕方がねえ。今回は譲ってやる」

ヴァンノが妥協点を見せてやれば、ベルトルドも已む無くそれに頷いた。最初に無茶な要求を吹っかけて様子を見るのは彼らの癖のようなものだ。

「そらどうも。悪いようにはしやせんよ。ワシらもあんなもん広められちゃあ困るんでね」

「ふん、どうだか」

重苦しく頷くと席を立つベルトルド。

彼は部下にパイプの始末を任せながら、ふと思い出したように尋ねてきた。

「そういやよ。よくあのジィンスゥ・ヤ共相手に穏便に収めることができたな。どんな手品を使いやがったんだ？」

その目はヴァンノのわずかな動きも見落とさぬように注視している。

何気なく聞いているようで、ベルトルドの関心はかなりのものだろう。

(そりゃそうだ。俺だって奴らの心変わりの理由が知りてえよ)

個々の戦闘力が非常に高く迂闊に手出しができないあの異民族共には、ヴァンノも手を焼いていたのだ。仲間内での結束が固く、金銭でも靡《なび》かない彼らと交渉するのは容易ではない。

彼らは身内以外に排他的で、とりわけこの街に移ってきた当時諍いがあったマフィアには敵対的だった。

それがどうしたことか、あの事件で出会った白雷姫は交渉に応じる素振りを見せた。平静を保ってこそいたが、あの時ヴァンノは驚いて葉巻を噛み潰してしまったほどだ。

ジィンスゥ・ヤでも有数の達人である彼女が動きかけたのならば交渉も実現しうる。そう判断して博打をしてみれば上手く事が運んだ、それだけのことだ。

あれだけ頑固だった彼らが変わったのには、何かしら理由やきっかけがあったのは間違いないだろう。

当然ヴァンノも必死に探ったのだが、それに関する情報は何一つ出てこなかった。

あのジィンスゥ・ヤとの交渉を成功させたことで跡目争いの結果は決まったようなものだ。下手につついて関係を悪化させることを恐れた彼は、水面下で探りつつも表面上は事件の負い目で協力的に動いているという体を演じていた。

結局のところ、ジィンスゥ・ヤの心変わりの理由は掴めていないのが現状なのだ。

彼の沈黙を訝しんだベルトルドが返事を促した。

「どうなんだよ、おい」

「……誠実に対応した。それだけのことですわ」

煙に巻くような台詞とへらへらした態度。正反対の顔つきをした二人はしばらく無言で視線を交わす。

先に逸らしたのはベルトルドの方だった。

「……そうかよ。ガスパロによろしく言っといてくれ」

「ええ、仲良くやっていきましょうぜ？」

最後に食えない男を一睨みすると、カンタレラのドンは鼻を鳴らし部下を引き連れて出て行った。

それを見送ったヴァンノが大きく息をつく。

額の冷や汗を拭うと今更ながらに喉が渇いていることに気づいた。テーブルのコップを乱暴に掴み取ると音を立てて一気に飲み干す。それでようやく人心地がついたような気がする。

ベルトルドとの会談は非常に気を張る必要のあるものだった。

弱腰になるわけには行かないが、加減を間違えれば身の破滅が待っている。

「俺もまだまだ青いな……経験が足んねえよ。荒事苦手だしなぁ……」

(今でこそデブだけど、あの爺さん現役時代は相当修羅場潜ってたって話だしな。目とか超怖え)

だがその甲斐はあった。

ジンバイのことを知られていたのは誤算だったが、それを含めても上々の交渉だったと言えるだろう。

「後はギルドの横槍が入る前に仕上げちまうか。その前に飯食おう。さっきは緊張して全然食えなかった……」

　現金なもので、心と渇きが落ち着くと今度は空腹が襲ってきた。

　折角いい店を選んだのだ。見た目だけのために作り捨てさせるのはもったいない。

　葉巻を置くと手近にあった子牛の煮込みを頬張る。どうせ部下しかいないのだからと行儀も何もない豪快な食べ方だ。

「ヴァンノさん、今いいですか。アルバーノからの連絡です」

　ヴァンノがすっかり冷えてしまった料理をパクついていると部下が報告を持ってくる。

　わざわざ今持ってくるということはそれなりに重要な用件のようだ。

「おう、聞こう。飯食いながらで悪いな」

「コート汚さないで下さいよ？　ただでさえうらぶれて見えるんですから」

　口の端をソースで汚しているヴァンノに部下が苦言を呈す。別にテーブルマナーを知らないわけではないが、格式張った食べ方では味が薄く感じるだけだ。

「言ってくれるね。無駄にたけえのより着慣れたのが好きなんだよ」

　軽口を叩きながらも言われたとおりにコートを脱いで食事を続ける。

　部下はそのコートを慣れた様子で手に取り、皺を伸ばして畳むと口頭で報告をする。

　食事を摂りながらそれを聞いていたヴァンノの表情がわずかに変わると、口の中の物をワインで流し込んで葉巻を咥える。

「ギルドがもう動いている？　早いな……身内から馬鹿が出たかね。そうなると腕利きを投入してくる可能性が高いな。ぶつからねえように気をつけねえと……」

「カンタレラに続いてギルドですか……うちも、もう一度内部を洗っておきます」

「頼む。……で、なんだぁアルバの野郎。たかだかいち傭兵程度を俺にもう一度調べろだと？　前に問題ねえって調査報告したじゃねえか。あれじゃダメなの？」

面倒臭そうな顔で葉巻片手にパスタを巻くヴァンノ。部下は灰皿を差し出しながら苦笑いする。

「なんでもアルバーノの話だと腕が立ちすぎるとか」

ミートソースをたっぷり絡ませたそれを一口で飲み込み、咀嚼しながらスープへ手を伸ばす。ずりずりと手元へ引きずり、食器とテーブルがこすれる嫌な音に部下が眉を顰めた。

「いいじゃん。護衛なんだから腕が立って」

投げやりに言いながらスープを行儀悪く啜る。

「例のドラッグを使ったアグリェーシャの幹部他数名を単身で撃破してもですか？」

ごふぉ、と汚い音が響いた。

嫌そうな顔をして部下が布巾を渡し、むせながら顔についたスープを拭うヴァンノ。

「しかもカンタレラの下っ端が普通のドラッグを捌いていたのも知っていたとか」

さらに言葉を重ねる部下にヴァンノが待ったを掛ける。

「怪しすぎるだろ！　なんでお嬢はそれ知って手元に置いてるんだよ……いや確かにそんな奴放っておくのも怖いけど」

（肝据わりすぎだろう……）

頭痛を堪えるように眉間を指で揉んでいたヴァンノは、しばらくして諦めたように下を向いて項垂れる。

「ハァー………分かった、その傭兵はもう一度調べさせる。あと暇を見つけて直接会っておくとアルバに伝えとけ」

「了解です」

部下が頷いてすぐに動く。

それを見送ることなくヴァンノが思考を深く巡らせる。

「さて、どう立ち回れば一番儲かるかね？」

（三章）

巨岩打ち抜くは銀の一閃

WITCH AND MERCENARY

朝方、シアーシャとリンディアの二人はギルドから得た情報をもとにある商会を見張っていた。目立たぬように地味なローブを着た彼女たちは、丁度近くにあった喫茶店で時間を潰しているふりをしながら商会を出入りする人間を観察している。

「怪しいって言われているのはローライド商会。例の冒険者たちはあそこが出す護衛依頼を頻繁に受けているのが確認されているんだ」

リンディアがサンドイッチをつまみながら、さり気なく横目で商会を見張っている。意外と器用なのかその仕草に違和感はない。冒険業で全体を見る癖をつけているおかげだろうか。

「それだけだと疑うには弱いような気もしますが……」

対照的にシアーシャは割とお粗末な見張りぶりだった。そわそわと落ち着かない様子でちらちらと商会へ視線を送っているのが丸わかりである。

リンディアは苦笑しながら硬くならないでと身振りで伝えるが、余計に硬くなっただけに終わる。

「あははは……あの商会は大した荷を扱っているわけじゃないし、実際確認できている営業成績もそこまでじゃないはずなんだけどね。少し前からあそこの従業員が随分羽振りが良くなったらしいよ」

ギルドが娼館から仕入れた情報によると、それまで週に一回来る程度だった客が毎日のように遊びに来るようになったらしい。それも複数の娼婦を指名して。

「それはまた……分かりやすいですね」

リンディアは呆れたようにため息をついて口を尖らせている。

「もう、男の人はお金が入るとお酒か博打か女遊びかしかないのかな……あのおじ様もそうなの？」

「ジグさんですか？」

言われてシアーシャは普段の彼が何をしているのかを改めて考えてみる。

「……普段は大抵仕事してますね。たくさん食べますけどお酒は嗜む程度です」

「うんうん。他には？」

「それ以外は……鍛錬していますね」

「なるほどストイックだね。他は？」

「他……？」

問われたシアーシャがはてと首を傾げる。

ジグが仕事と鍛錬以外で何かをしているところを見たことがあるだろうか。

自分のための買い物に付き合ってもらうのは違うだろう。同様に鍛冶屋で装備の相談をしているのも違うような気がする。では彼はプライベートな時間に何をしているのだろうか。

「……」

「あのー、シアーシャさん？」

考え込んでしまったシアーシャ。

（いつも一緒にいる彼女が仕事と鍛錬以外に思いつかないって……それはそれで枯れ過ぎじゃないかな）

ある意味では派手に女遊びをしている商会の者たちの方がよほど健全なのかもしれないと思うリンディアであった。

そうして二人で他愛もない話をしていればシアーシャの緊張もほぐれていた。

主婦がお鍋の様子を横目で見る程度には自然に監視できるようになった頃、ようやく動きがあった。

「……来たよ」

「……やっとですか」

小声で言葉を交わしながら様子を窺う。

現れたのはギルドから疑いを掛けられている冒険者たち。当たり前だが全員が常に一緒に行動しているわけではない。姿が見えたのは二人だけだ。

彼らは一人が商会の者とやり取りをしているが、ここからでは盗み聞きどころではない。

取り立てて怪しい様子ではないが、もう一人がやたらと周囲を警戒しているのが印象的だった。

「妙に警戒しているね」

リンディアにはそれが大分怪しく見えたのだが、シアーシャは何がおかしいのか分からないとばかりに小首を傾げていた。

「そうですかね？　ジグさんも普段はあんな感じですよ。あそこまで露骨ではありませんが」

「ええ……」

常日頃周囲を警戒するのが当たり前のジグ。そんな彼の背を傍で見ているシアーシャはそうするのが当たり前だと思っているのだ。

どこかズレた反応をされたリンディアが困惑していたが、今は置いておこうと視線を戻す。

しばらく話していた二人組の冒険者と商会の者は連れ立って中へ入って行くところであった。

「とりあえず私たちも動こう。他の三人はどこに……っ!?」

席を立ったリンディアの視界の端、日の光を反射した何かが迫るのを捉える。

咄嗟に大きく屈んで避けるが、後のことを思えばそれは悪手だ。少し体を逸らすだけで良かったものを驚いて大袈裟に避けたせいで体勢は崩れており、続けざまに投擲されたナイフを避けられない。

眼では追えているが回避は間に合わないと判断したリンディアが左手で受ける。

「あれ？」

痛みを覚悟し歯を食いしばっていたが、彼女の覚悟とは裏腹にカツンという軽い音と衝撃が来ただけだ。不思議に思い見れば、彼女の右腕を覆うように岩の篭手が生成されていた。

「大丈夫ですか？」

ナイフが投げつけられたことなどなかったかのように振る舞うシアーシャと目が合う。あまりにも自然にしているものだから、リンディアは一瞬自分が夢でも見ていたかのような錯覚に襲われる。

「あ……これ、シアーシャさんが……？　っとぉ!!」

言葉を遮る風切り音。そんな場合ではないと我に返ったリンディアが立て掛けていた小楯を嵌める間も惜しいとばかりに抱えて飛来する矢を防いだ。

「なんなのですかこの人たち？」

一瞬止んだ矢の隙をつくようにリンディアがテーブルを蹴り上げて即席の盾にする。

「なにって、私たちの監視がバレてたってことだよ！」

「……ああ、なるほど」

得心したと手を打つシアーシャ。

今の内にと小楯を右手に嵌めて腰の片手剣を抜いたリンディアが一瞬だけ向こうを確認する。

相手は全部で八人ほど。全員がクロスボウや短弓を構えていて近づいてくる様子はない。

「ギルドの犬が！　商会を邪魔する奴はくたばれ！」

クロスボウを手にした店員たちの一人が叫んだ。それが何を意味するのか理解したリンディアが青くなる。

「まさかこの店自体ローライド商会の息が掛かってるの!?」

最悪だ。これでは敵地に自ら飛び込んだようなもの。

幸いなのは相手のほとんどが素人ばかりで、扱っているのも魔具ではなく狩猟用のクロスボウであることだ。彼らも低級とはいえ冒険者に近接戦闘を挑むことの愚かさを理解しているのだろう。迂闊には近づいてこない。

「リンディアさん、こちらに」

短詠唱で土壁を生成したシアーシャが手招きをする。

速度重視の一節で唱えたとは思えない土壁がせり出し、飛来する矢を防いだ。リンディアは針山のようになったテーブルが崩れ落ちる前にバリケードへ滑り込むように身を隠す。

「ちょっと数が多いなぁ……」

仮にも冒険者であるリンディアの防具はクロスボウ程度で貫けるものではないが、防具の無い顔や金銭面の都合で軽装の腕に当たれば痛いでは済まない。

だがそれもシアーシャがいれば何とかなるはずだ。優秀な魔術師である彼女の助けがあれば
この場を切り抜けるのは難しいことではない。

「シアーシャさん、いける？」

今も涼しい顔で土盾を操り矢を防いでいる彼女は一つ頷くと前に出た。

「リンディアさん、つまりここにいる相手は全部敵という事でいいんですよね？」

「そうだけど……素人相手に冒険者がやり過ぎるとまずいかもしれない」

たとえ犯罪者でも問答無用で殺していいという訳ではない。憲兵ならば状況次第でそれも許
されるかもしれないが、冒険者が一般人に手を出したとなれば話は変わってくる。

「任せてください」

そんなリンディアの心配をよそにシアーシャは自信満々に胸を張る。

堂々とした彼女の姿にきっと何かいい手があるのだろうと期待の目を向けるリンディアだが、
彼女はまだシアーシャのことをよく理解していなかった。

「私はついこの間、手加減をマスターしました」

――ダメかもしれない。

どう見ても手加減の出来そうにない威容の巨腕を纏ったシアーシャの姿に今更そんなことを
思うリンディアであったが、既に手遅れであった。

†

今日も変わらず朝から賑わっている繁華街。

その大通りをカティアとジグが連れ立って歩いていた。

「今日はどうするんだ？」

ジグが依頼主へ意向を尋ねると、彼女は視線を向ける。

隣にいる見上げるような背丈の大男が纏う装備は、見る影もないほどにボロボロだ。誰がどう見ても満身創痍で、襲うなら今と言わんばかりである。実際の所、本人はピンピンしているのだが。

「……まずは装備を整えよう。ジグが万全の状態じゃないとまずいってのは、昨日のことで良く分かった」

先日の襲撃は、カティアが持つこの騒動への認識を大きく改めるのに十分な出来事であった。

彼女もそこいらのマフィア程度軽く転がせるくらいには腕に覚えもあるが、昨日の戦闘はまさに次元が違う。

初対面の時にジグへ突っかかっていたのがどれほど危険な行為だったのか、今さら思い出して寒気がするほどだ。

（あんな怪物どもに巻き込まれちゃ命がいくつあっても足りねえよ。餅は餅屋だ）

目前にまで矢が迫ってきたときは死を覚悟する間すらなかった。

そんな風に死ぬのは御免である。

カティアの内心など気づきもしないジグがふむと頷く。

「それは有り難い。店も指定して構わないか？　いつも使っている所だと仕立ても早く終わると思うぞ」

「ああ、好きにしてくれ。……くれぐれも、〝常識の範囲内〟で頼むぞ？」

「勿論だとも」

依頼を受けた時に大量の食事代を持たされたことを覚えているのだろう。

胡乱げな視線を送ってくるのに曖昧に笑ってごまかすと、さり気なく周囲を窺った。

（監視役か。まあそれぐらいはするか）

話しながらもジグは周囲を警戒するのを忘れていない。

先程見えたこちらを尾行していると思われる人物はバザルタだろう。

一応のお目付け役という意味合いだろうか、少し前にも見た顔の一人がずっと尾行し続けている。

ジグは見られている感覚にわずかな居心地悪さを感じながら店に向かった。

「これはまた、派手に壊されましたね」

マカールの剣戟で大きく傷跡を残した胸当てと手甲は、確認した店員が思わず声に出してしまうほどにボロボロだった。

「すまん……」

予算や性能を色々見立ててもらって選んだ防具を、こうもあっさり次々壊してしまうのに申し訳なさを感じたジグが謝る。

「いえ、ご無事で何よりです。遠慮なく言わせてもらうと、大きな怪我もなく頻繁に装備の購入をするジグ様は当店にとっても良いお客様ですので」

「そう言ってもらえると助かる」

彼女の営業用スマイルは見事なもので、実際どう思っているかは読み取れない。

だがまあ、そう言っているのなら乗らせて貰うことにしよう。

「では予算は前回と同じ、性能も同じぐらいのものを。細かい金額の詰めは彼女に頼む。今回の出資元でな」

そう言ってカティアの方を見ると微妙な顔で店員に視線を送っていた。

そういえばこの店を選んだ時から何かもの言いたげだったようだが。

「知り合いか？」

「……ちょっと、な」

言い辛そうにしているカティア。

対照的に店員はジグに口を出してきた。

「ジグ様。差し出がましいことを申し上げますが、付き合う相手は選んだほうがよろしいかと。彼女は真っ当な人間ではありませんよ」

突然の批判的な言葉に驚きと戸惑いでジグが固まる。

「よく言うな守銭奴が。ジグ、コイツの口車に乗せられて変なもん買わされてないだろうな？」

応じるように鋭い眼付きをさらにキツくして前に出るカティア。

「私はお店の利益を最優先しているだけです。店員として当然の役目かと。人様に迷惑かけなきゃ生きていけない方と一緒にしないで下さいまし」

「客に装備壊すいいカモだなんて口にする奴がよく言う。死なない程度にやられてくるのを歓迎するとか悪魔か？　アタシらよりおっかない」

「……なんですって？」

「……あ？　やんのかコラ」

怒鳴り合いこそしないが静かに睨み合う二人。

カティアの眼光は大人顔負けの迫力だが、店員の方も一歩も退かない。

どうやら浅からぬ仲、あるいは因縁のようだ。

「ふむ……」

ジグは一つ唸ると極力足音を殺し、滑るようにゆっくりと後ずさり始めた。

じわじわと下がって、睨み合う二人の意識から外れるように存在感を消していく。

「ああ！　ジグ君ジグ君！　あの魔具の調子はどう？　君使い方荒いから壊してないか心配だなぁ！」

「……ふむ」

しかしガントが騒々しく絡んできたことで離脱に失敗した。

多少の恨みを視線に込めて見たが、彼はそんなことお構いなしに自分の都合をまくしたてる。

「また魔獣に使った？　何発使ったかとどのくらいの出力で使ったか詳しく教えてくれない？あとは……げぇ!!」

魔具の詳細な状況を聞き出そうとしている途中でガントがカティアに気づき、悲鳴を上げてジグの後ろに隠れる。

この態度は彼女がマフィア側の人間だと知っているものだろう。

「ガントも知っているのか？」

「逆にジグ君は何で知らなかったのっ！　いかにも裏の人間って顔してるくせに！」

「失敬な。顔は関係ないだろう」

小声で言い合う男二人を見て我に返った女性二人が、矛を収めるように同時に視線を逸らす。

「失礼いたしました」

「フン」

頭を下げる店員と鼻息荒いカティアが対照的な振る舞いをする。

ガントはなるべくカティアの方を見ないようにしながら、こそこそと店員の後ろに回った。

むさい男が年若い娘に怯え、同じ年頃の娘の背に隠れている様は実に情けない。

「……カティアとは腐れ縁でして。彼女がどこの勢力で、どういう立場なのかも知っています。その上で言いますが、カティアに関わるのはお勧めしませんよ」

「笑わせるなシェスカ。お前がこの男のことをどの程度理解しているかは知らないけどな。ジグはお前が思っているほど真っ当な人間じゃないぞ。アタシからしても今起きている面倒ごとが無ければ関わりたくない類の人種だ」

（本人を前にして好き放題言ってくれるな）

マフィアに関わりたくないなどと言われるのは少し釈然としないのだが。

とはいえ大体事実なので口を挟まずに静観する。

「職業はどうあれ、ジグ様のこの店での振る舞いは、お客様として対応するのに相応しいものです。……あなたはただの財布なのでしょう？　ならば黙って言われた額を差し出せばいいんです」

「仮にもお客様にその口の利き方はどうよ……もういいや、任せる。好きに選んでくれ。ジグ、終わったら呼んでよ」

面倒臭そうに言うとふらりと店内をふらつき始めるカティア。

「全く……ではジグ様、こちらへ」

「ああ」

店員改めシェスカについて行く。

二人の関係に興味がわかないでもなかったが、自ら進んで藪をつつくこともあるまいと自重する。

シェスカの案内でいくつかの防具を見ていくが、ジグのお眼鏡にかなう品は中々見つからない。

防具は前回と同じものがあったのですぐに決まったが、手甲はそうもいかなかった。

「実は手甲ってあまり需要がないんですよ」

「そうなのか？」

「多少質が良い程度では魔獣の攻撃を受け止めるには役に立ちませんし、頑丈な手甲を使うぐらいなら防御術を刻んだ一体型防具の方が取り回しも良く、重量、魔力効率的にも都合がいいんです」

装備重量が増えればそれだけ身体強化に割く魔力の割合も増えるし、非戦闘時の体力の消耗も激しい。

その点魔力を注ぐだけでいい防具は、必要なときのみ魔力を消費するので無駄が少ない。

「ここでも魔力か……」

ジグは思わずそうぼやかずにはいられなかった。

装備を整えようとするたびに魔力さえあればと思わずにはいられない。

バトルグローブのように魔力核を使った防具についてガントに聞いてみたことがあったのだが、使い捨ての攻撃手段ならばともかく、長く使う防具に使い果たしたら終わりの魔力核を使用する馬鹿はどこにもいないと呆れられてしまった。

確かに受けるダメージが一定でない以上、いつ切れるか不明瞭な魔力核を使った防具は怖くて使えたものではない。

魔力核を使う機構を取り入れると、通常の魔力を流した運用は出来なくなるので普通は売るか、ジグのように奥の手として持っているという扱いがほとんどらしい。

「今ある在庫ですと……軽くて脆いか重くて頑丈かの両極端なものしかすぐにご用意できませんね」

そう言って彼女が荷台で運んできたのは、以前の盾蟲の手甲より少し大きなものだった。

流線形を描いていた盾蟲とは違い、角ばった造形をしている。

暗めの紫色をした手甲は得も言われぬ不気味さを醸し出しており、独特の光沢がある。

手で持つと確かに重い。ちょっとした盾と同じくらいの重量がある。

「こちらは青龍甲《せいりゅうこう》と作製者が名付けた手甲です」

龍という言葉にジグが興味を示した。

「ほう、龍の素材か……確かに、威厳の様なものを感じる」

この不思議な威圧感は龍のものだったかと、訳知り顔で頷くジグにシェスカは営業スマイルを崩さぬままに首を振った。

「いえ、青龍蝦《シャコ》です」

「……シャコ？」

ぴたりと動きを止めて店員を見るジグ。

「正式名称は虹龍蝦《にじしゃこ》。水棲ですが狩りをする際には陸上にも上がってくる危険な肉食魔獣です。水流操作の魔術を扱いますが肉体的にも非常に頑強で、撃ち出される前脚は岩石系魔獣の外殻をも打ち砕きます。防具で受け止めてもその衝撃で内臓をやられる冒険者もいるとか。危険度は六等級」

「……そうか、シャコか」

何とも言えない表情でその手甲……青龍甲を見やる。

先ほどまで感じていた威厳はどこかに吹き飛び、どこか生臭い香りすら漂ってきそうだった。

「ぷーくすくす……！　ぶべっ」

笑いをこらえているガントに無言でケリを入れるシェスカ。

彼女は哀愁漂うジグをフォローするように手甲の性能を伝える。

「重量こそありますがこの手甲は頑丈ですよ？　甲殻自体にも天然の魔力耐性があるので、簡単な術なら受け止められるんです。無論攻撃にも使えて、殴った際の反動や衝撃を肘の方へ逃がす構造になっているんです」

「……うむ、防具に必要なのは性能だからな。素材になった魔獣はさして重要ではない」

シェスカの言葉に気を取り直して手甲を着けてみる。

刺激的な色ばかりが目立つが着け心地は悪くない。

装着するというよりは腕をはめ込むタイプのようだ。

思っていたよりは腕の自由度は悪くないが、少し武器に干渉するかもしれない。

だがまあ、それはそれでやりようはある。

そして肝心の重量だが……。

「……あまり以前と差を感じないぞ？」

盾蟲の手甲より少しだけ重くなったような気もするが……正直誤差程度だ。

「はて？　おかしいですね……」

首をひねっていた二人にガントが秤を持ってきて比べてみる。

「大体二割増しってとこかな。これに違和感覚えないのは相当鈍いかムキムキかのどっちか」

「……」

鈍いと言われて地味にショックを受けたジグが試しにその場でシャドウをしてみる。拳の速度は盾蟲の手甲を着けていた時と比べて変化を感じられるものではなかった。

「……どうだ？」

「申し訳ありませんが、私の目ではジグ様の拳は一切捉えられないので変化がどうという問題ではありません」

シェスカにはジグの肘から先がブレて見えるだけで、速度の違いなど分からない。

「そうか……」

同意を得られず肩を落とすジグにガントが笑う。

「大丈夫だって！　シャコに龍の威厳感じちゃうのに比べれば一割程度の重量なんて誤差誤差！」

「……」

こいついい加減はたいてやろうかとジグが考えていると、横から伸びたシェスカの手がガントの髭を掴んでぶちりと毟《むし》り取った。

「では調整するのでしばしお待ちください」

「頼む」

口元を押さえて悶絶するガントを捨て置いて対応するシェスカ。

彼女の営業スマイルはそんな時でも崩れていなかった。

話がついたのでカティアを呼んで会計を任せる。

「……分かっちゃいたけど、やっぱり冒険者用の装備は高いな」

購入した手甲は特別高額というわけではない。それでも冒険者用の装備は一般的な武具に比べて非常に高い。

額を見たカティアは、苦笑しながら小切手で会計を済ませると先に店を出た。

「ああ、そうだ」

ジグもそれに続こうとしてふと思いつき足を止める。

見送りに来ていたシェスカが営業スマイルのまま首を傾けた。

「仕事に関わることだから詳しくは話せないんだが……しばらくは一人で出歩かない方がいい。人気が少ないところには近寄らないようにしてくれ」

唐突なジグの忠告にシェスカは目をぱちくりとさせた。

しかし冗談を言っているわけではないとジグの表情から理解する。

彼女はそこで初めて営業スマイルを消すと自然に微笑んで礼をする。

「承知致しました。店の者にもそれとなく伝えておきます。お気遣い、ありがとうございます」

「……話の早い店員が居なくなると困るからな」

ジグはそう言って背を向けると店を後にした。

少し離れた場所で待っていたカティアが歩き出す。ジグは半歩後ろを歩きながら視線だけを周囲に巡らせると、先ほどの尾行がまだいることを確認する。

「昨日、カンタレラと話を付けてきた。そろそろ動き出す頃だ。アタシは何人か連れて遊撃……余計な邪魔や取りこぼしがないようにフォローすることになっている」

事態の展開の早さにジグが意外そうな顔をする。

大きな組織の動きは鈍くなりがちだ。大人数の意思を取りまとめることの難しさに加え他の組織との兼ね合いもある。

「動きが早いな。流石と言うべきか？」

「今回ばかりは早めに動かないと不味い案件だからね。……それにウチはちょっと前に内輪揉めが済んだ後だったたんだ。今のバザルタは実質一人が仕切っている状態で即応性が高い」

「……ほう、そうだったのか」

バザルタの内部勢力争いはジグも良く知るところ。

以前に関わった依頼でのことが原因なのは間違いないだろうが、仕事の流儀としても、今の依頼主からこれ以上余計な不信を買わない意味でも、黙っている方が賢明だ。

「しかし大丈夫なのか？　連中と正面からぶつかればタダでは済まんだろう」

腕を斬り落としはしたがマカールはまだ生きているし、あの大弓を持った男もいる。あれ並の実力者が他にもいたとしたら、勝てないとまでは言わないが大きな被害が出ることは間違いない。バザルタほどの組織がそれを無条件に良しとするとは到底思えない。

「アタシもそう言ったんだが、何やら策があるらしい。戦力は十分だってさ」

「ふむ……そう断言できるほどの何かを用意できたと見るべきか」

「詳しくは知らないが、ヴァンノは無策で動くタイプの奴じゃない。信用は出来る」

ヴァンノ。

以前もその名を聞いたが、話を聞くに恐らくあの時の人物で間違いないだろう。相手の失脚理由を見つけたとはいえ、バザルタほどの組織をまとめ上げる手腕だ。

一度とはいえ直接見た感想としても相当な切れ者なのは間違いない。

悟られぬよう気を付ける必要がある。

今後のことを話しながら繁華街を抜けると南区側、カンタレラの縄張りとしている方面へ向かう。

賑やかな繁華街を通り過ぎ、民家の立ち並ぶ住宅街へ。この辺りは背の高い建物が多く日当たりが悪い。そのため繁華街に店を構えられないような小さな個人店などはこの辺りに密集している。

「ジグはあくまでアタシの護衛だけしてくれればいいよ。それ以外は契約外ってもんだ。追加人員は何人か来る予定だよ」

「――その何人かとは、今尾けてきている連中のことか？」

ジグが言っているのは先ほど見かけたバザルタの監視役ではない。だからこそ彼は連中とカティアに分かるように言った。

おそらく鍛冶屋に入る前からこちらを尾行していたのだろう。奴らよりも下手糞なバザルタの監視役がいたせいで気づくのが遅れた。周到な尾行だが、時折用途不明の魔術を使っているようでにおいがする。

カティアは慌てて周囲を見回す愚行は犯さず、視線だけ鋭くすると何食わぬ顔で世間話をするようにジグへ視線を向ける。

「……どいつだ？」

「四時の方向、距離五メートル。二本のサーベルを腰に下げた若い男」

想像以上に近い距離にカティアの額に一筋の汗が伝う。彼女は内心の動揺を押し殺しそちらを見た。丁度ジグがいる方向だったので自然に盗み見ることができる。

「――――」

その男を見たカティアは自分の表情が苦々しく変わるのを感じる。悪い意味で、見覚えのある顔だ。

「……最悪だ」

「知り合いか？」

「いや、こっちが一方的に知っているだけ……ザスプ＝ログナー、三等級の冒険者だ。ギルドが動いてるのは知っていたけど、こんな大物動かしていたとは聞いてないぞ……」

「有名人なのか？」

ジグの知らない名前なので尋ねるとため息をつかれた。

「しょっちゅうギルド出入りしてるジグが何で知らないんだよ……あの若さで三等級まで上り詰めた天才って話だ。なんでこんな時に……」

ギルドも情報を集めてはいるが、当事者でないのとカンタレラも身内に緘口令を敷いているため思うように集まっていない。下っ端を吊るしあげたところで大した情報は得られず、そんな時にマフィアの重要人物を見つけたのならば話を聞きに来るのは当然ではある。

舌打ちしたいのを堪えてカティアが考えを巡らせる。そんな彼女へジグはさらに悪報を投げる。

「追加で居場所は掴めていないが他にもいるんだが、これは……」

「……あぁクソ……！　パーティーメンバー、だろうな……確か三人組で活動してるって聞いた」

とうとう我慢できずに頭を掻きむしって苛立ちをあらわにした。

（このままあいつら引き連れて現場に行く？　駄目に決まってんだろ……あっちから見ればど

っちがどっちのマフィアかすら判別付きにくいってのに、余計な邪魔されたらかなわねえ。どうすればいい……？）

頭を抱えて唸る依頼主を横目に見ながら周囲を警戒していたジグの眉が動いた。

こちらを尾行している何者かの、別の魔術を行使しているにおいを感じ取ったのだ。

「悩んでいる時間は無いみたいだぞ。他二人が動き出した。恐らくだが囲もうとしている」

ジグに急かされてある程度の予測を立てつつ、カティアが優先順位を即座に決める。

「……人気のないところに行こう。一応、交渉してみる」

「了解」

彼女の意図を理解したジグは、人気のある場所から外れて細い路地に入る。

もう隠す気もないのか、急ぎ足で進む二人を追いかけるように気配が三方向からついてくる。

両者の距離は縮まっていき、足音が聞き取れる程になって来た。

（軽い足音、普通の足音、それに重い足音……鎧の擦れる音からして重武装の奴もいる……厄介だな。軽いのはさっきのザスプとかいう冒険者だろうか）

住宅街から十分に距離をとった所でカティアが立ち止まる。

閑散とした広めの通路で、周囲には不法投棄されたごみ程度しかなく人影も隠れる場所もない。

逆にこちらに近づく者がいればすぐに気づくことができるので、内緒話をするのにうってつけの場所。この手の道をよく使うマフィアならではの土地勘だ。

「こんにちは。少しお話いいかしら？」

声を掛けられたカティアがゆっくりと振り返る。

「……何かアタシに用かい？　冒険者殿」

振り向いたその顔は既にマフィアのものだ。

物腰には粗暴ながらも風格が感じられ、鋭い眼光は人を怯ませるほどの圧を持っている。

「あら可愛らしい」

だが今回はそれが通じる相手ではない。三等級冒険者とはそういう存在だ。

くすくすと笑いながら近寄って来たのは見覚えのある銀髪の眼帯女だ。カティアの視線を歯牙にも掛けないどころか、笑みをたたえたまま威圧してさえ来る。

「っ……」

その辺りのマフィアとは桁違いの視線の圧を受けカティアの額に汗が滲む。このまま場を呑んで自分たちのペースを作るつもりだろう。

必死に堪えながらも、天と地と言って差し支えない実力差の前には無力だ。カティアの足が無意識に一歩下がりそうになり――その肩を、ジグの大きな手が掴んで支えた。

「……こっちも忙しい身なんでね。手短に頼むよ」

「へえ……？」

踏みとどまったカティアに面白そうな顔をした眼帯女。

　その視線がジグに移ると口元を苦々しく歪め、とげとげしい口調になる。

「……何であんたがここにいるのかしら？　胡散臭いとは思っていたけど、とうとう犯罪組織の仲間入り？」

「仕事だ」

「マフィアの？　ありえない」

「相手は問わん。そういうお前こそ、憲兵の真似事か？」

　エルシアは信じられないとばかりに非難するようにジグを見るが、彼は気にも留めずに淡々と返す。それ以上応えるつもりはないとばかりに話を切るジグに、何を言っても無駄と判断したエルシアがため息をついて話をカティアに戻す。

「これ、見覚えないかしら？」

　そう言って彼女が取り出したのは例の注射器だ。

　あの場にあったものは全て回収していたはずだが、どこかから入手したのだろうか。

「……それは？」

「最近出回り始めているドラッグでね？　うちにも被害者が出ているのよ。それで私たちが調査しているんだけど……そちらの大男がこれを使用した疑いが出てきているのよねえ」

（何をどうすればそういう調査になる……）

あらぬ疑いを掛けられたジグが眉を顰めた。

事実はどうあれ彼らはそれを足掛かりにこちらを探ろうとしているようだ。

カティアは表情を動かさぬままに腕を組んでその疑いを否定する。

「こいつはつい最近アタシが個人的に雇い始めた護衛だ。それとは何の関係もない」

「ではあなたたちマフィアは？　こんな危険な代物を、他に誰が扱っているというの？　……そこの大男が、とんでもない力で他のマフィアたちを蹴散らしているところを目撃している人がいたわ。およそまともな人間とは思えないほどの殺戮だったそうよ。それに関してはどう言い訳するのかしら？」

（……確かに）

間近でジグの戦闘を見ていたカティアは、思わず同意しそうになってしまった。

アレを見ていた人間からすれば、ジグの方がよっぽどおかしい状態だと思うのも無理からぬことだろう。

当の本人は不満そうにしているが。

「……あれは襲われたのを返り討ちにしただけだ。そのドラッグのせいで易々とは死なない体になっていたからな。それを持ち込んだのは他所から来たマフィアだ」

カティアの弁明を眼帯女は鼻で笑った。

「それを信じろと？」

「信じてもらう他ないな。ウチとしてもそんなもん持ち込まれて迷惑している所なんだ」

少し考え込むようにしていた眼帯女だったが、やがて首を振った。

「……すべてが嘘とは思わないけど、それを鵜呑みにするには情報が少な過ぎるわ。手荒にはしないから、あなたたちのボスに話を通してくれないかしら？」

「言っただろ、忙しいって。あと二日、いや一日待てないか？」

今ギルドに首を突っ込まれては作戦に支障が出る。彼らはまだどこが黒幕かもわかっていない状態だ。

先日の戦闘でジグが疑われている以上、下手をすればアグリェーシャに利用される恐れすらある。

そう思って時間を稼ごうとしたのだが、返ってきた答えは拒否だった。

「子供のお使いではないのよ。待てと言われたから待った、では通らないわ」

「……今からそいつらにお灸を据えに行くから邪魔をするな、って言ってもか？」

向こうにこちらの情報を渡してでもこの場さえ乗り切れるなら。

カティアの苦渋の判断に返って来たのは無言の戦意のみだった。

「行け、カティア」

交渉は決裂と見ていいだろう。

そう判断したジグは彼女の前に立つと低い声で彼女に促す。

戦闘は避けられないと悟った相手も既に臨戦態勢だ。隠れていた大剣使いと二刀流の二人組が眼帯女の横に並び立つ。

「……悪い。時間稼ぎ、頼めるか？」

この場で自分ができることは何もない。それを理解したカティアは苦々しい顔で後ずさる。

「ああ、終わらせたら合流する。それまで無茶はするなよ？」

こんな状況でも彼は常と変わらぬ口調で冗談を言ってのける。

「バカ、こっちの台詞だ」

背を叩かれる感覚と共に足音が遠ざかっていく。その足音を聞きながらジグも武器を抜いて構えた。

眼帯女……エルシアは既に銀色の棍棒をこちらに向けている。

「……三対一でその余裕。話には聞いているけど、随分腕に自信があるみたいね？」

「さてな。試してみればいい」

ジリジリと間合いを詰めながらエルシアとジグが軽口を叩く。

大剣を肩に背負ったタイロン、サーベルを両手に下げたザスプは隙を窺いながら横に移動している。

「ドラッグに頼っている癖に随分強気ね。そんな紛い物の力で私たちに勝てるとでも？」

相手を侮る挑発はあくまでブラフ。

エルシアはジグが油断ならない相手であることを理解していた。

「さてな。これから試してみるとしよう」

ジグが不敵に言い放ち、それに応える様に蒼い双刃剣と暗紫《あんし》色の手甲が妖しく光った。

二人は言葉を交わすのをやめて相手の動きをほんの一瞬でも見逃さぬように睨み合う。

睨み合いをしながらジグは相手の装備を観察する。大剣、サーベルはともかく眼帯女の持つ棍は非常に珍しい。

体格の優れた者が丸太のような物を振り回しているのを見るくらいで、あのような細長い棍を主武器にしている者を見るのは初めてだ。長さはジグの双刃剣と同じくらいで構えも似ている。

(仮にも三等級の持つ武器。何かしらの仕込みがあるのは間違いないだろうが……)

ジリジリと立ち位置を変えながらもジグからは仕掛けない。

時間稼ぎが目的なのだから当然だが、それ以上に迂闊に攻め込むのを躊躇わせる何かが相手にはあった。

「行くぞ！」

読み合いに焦れて先に動いたのはザスプだった。サーベルを手に直線的に駆け出す。

瞬間的な強化で三歩目からトップスピードに乗ったザスプは、マカールにも匹敵するほどの速度で接近する。

双剣を用いた高速戦闘は彼の得意とするところで、速度を活かした連撃で相手を手玉に取るのが十八番だった。

十メートルほどの距離を瞬時に詰めたザスプが、勢いをつけたままサーベルで斬りかかる。

刺突と斬撃。

会心の二連撃は易々と躱されたが、ザスプにとってそのことは驚きに値しない。この大男が強いのは向かい合った時から感じていたことだ。

すぐさま追撃を放って回避よりも早く攻撃を重ねる。

ジグは双刃剣で片方を受け、もう片方を弾き落とす。

(重い！)

弾かれただけの動作で感じた剣の重さにザスプが目を剥く。それと同時に感じる寒気。

自らの勘に逆らわず下がろうとするザスプに追いすがるジグ。速度はザスプに分があるが、歩幅と得物の長さはジグが上。

そこに大剣を振りかぶったタイロンが割り込んだ。

タイロンは大柄かつ重装備なので小回りは利き難いが、身体強化の出力を上げれば直進速度だけはそれなりに速い。

「ぜあぁぁ！」

「はぁ！」

大剣の上段振り下ろしを双刃剣の軌道を変えたジグが迎え撃つ。

刃がぶつかり合い、激しく散る火花と金属の重低音。

地が震え、耳鳴りがするほどの重量武器同士の打ち合う音が路地に響いた。

双刃剣と大剣がお互いの武器を押しのけようと鎬を削り、二人の大男が全身の力を武器に注ぎ込んで拮抗する。

「ぬぅ……！」

だがその拮抗は徐々に崩れ始めた。

突進の勢いと上段からの振り下ろしという好条件をもってしても、押し切ることができなかったタイロン。大剣の勢いを削がれた今、純粋な膂力で勝るジグが押し返し始めた。

身体強化をフルに活用してもなお押し返され、大剣の背が頭部に触れそうなタイロンの額に汗が滲む。

「な、なんという力……!?」

「押さえてろおっさん！」

激しい鍔迫り合いを繰り広げる二人に今度はザスプが割り込んだ。

「ちっ」

流石にこのままもう一人を相手取ることはできない。

鍔迫り合いに力を注いでいたジグは、防ぐのを諦めてタイロンの大剣を強く弾くと反動を利用してバックステップ。

たたらを踏むタイロンを置いて距離を詰めようとするザスプに備えようとした瞬間、視界の端で何かが翻った。

「っ！」

悪寒と共に振り返ると、そこには法衣を揺らして銀の光を放つ棍を振りかぶる眼帯女がいた。

バックステップの着地寸前、こちらの胴体を狙って振るわれた棍を、身を捻り片腕で持った双刃剣で迎え撃つ。

片腕とはいえジグの力と武器の重量差を考えれば、それでも十分に受け止められるはずだった。

だがその目算は大きく外される。

エルシアの棍とぶつかった瞬間、魔力が注ぎ込まれ刻まれた魔術が発動。強い衝撃と破裂するような爆音に双刃剣が弾き返された。

「なっ!?」

思わぬ衝撃にジグが体勢を崩す。

その隙を見逃さずにエルシアが迫る。

「ハッ！」

鋭く連続で繰り出される棍を転がるようにして躱すと、起き上がって応戦する。

双刃剣と棍。

武器の違いは挙げればきりがないが、意外にもその攻撃方法は似通っている。

突き、払い、振り下ろし。

間合いこそ双刃剣と同じだが、武器の重量が違いすぎるために手数はあちらに分がある。

本来その手数をまとめて吹き飛ばせる破壊力こそ双刃剣の利点なのだが……。

（さっきのは魔術か？　凄まじい衝撃だった……当たればただでは済むまい）

相手の最大出力がどのくらいか読めぬうちにまともに打ち合えば武器が破壊されかねない以上、慎重にならざるを得ない。

溜めが必要なのは先ほどの攻撃で分かったが、まだまだ情報が足りない。

しかし状況がジグに分析する暇を許さなかった。

追いついて来た後ろの二人がこちらの隙を虎視眈々と狙っていた。タイロンが大剣を担いで隙を窺いつつ圧を掛け、ザスプが援護するように斬りかかる。

棍をまともに受けないように受け流し、サーベルを手甲で凌ぐ。

前後を捌くのは非常に難しく、何とか立ち位置を変えようとするがタイロンがそれを許さない。

瞬間、ジグの鼻腔《びくう》を魔術のにおいが掠めた。

出所はエルシアだ。においい自体には覚えがあったが、先ほどの棍のものではない。

過去に二度、ジグは彼女の魔術行使を妨害してきたが、その時と全く同じにおいだ。

結局一度もその術を見ることはなかったが、この場面で使ってくる以上何かしらの攻撃の可能性が高い。

緊張を高めるジグ。

「逃がさねえ！」

魔術のフォローをするためか、ザスプが攻撃の手を激しくする。躍る双剣のペース配分を考えない苛烈な攻撃にジグが対処を迫られる。

エルシアへの防御が薄くなった隙を逃さず、彼女は棍へ魔力を注いだ。

鈍く輝く棍を見たジグが動く。

ザスプの連撃を捌くと、双刃剣で狙いの甘い攻撃を仕掛けてあえて受け流させる。

流されるまま体を半回転させ、防御したサーベルの腹に本命の裏拳を叩きこんだ。

「ぐっ!?　この……！」

十分に遠心力を乗せた手甲は脅威的な威力で、ザスプに魔獣の一撃を思わせるほどだ。

かなり良い武器を使っているようで、激しい打撃にもサーベルは折れなかった。だが武器が折れずとも衝撃までは殺せない。体勢こそ崩さないまでもたたらを踏んで後ずさる。

「させん！」

その隙に距離をとろうとしたジグへ、反対からタイロンが大剣を翳して盾にしたタックルを仕掛ける。

妨害を目的としたコンパクトなタックルに、体勢を立て直したザスプが挟み込むように跳び込んできた。

（ここだ）

再びジグが嗅ぎ取るのはか細い勝機。

突撃してくる大剣の腹に右脚を押し当てると、相手のバッシュに合わせて反動をつけ自らも跳んだ。

後ろから跳び込んでくるザスプに向かい突っ込むジグ。二人の距離はあっという間に素手で触れ合うほどになった。

「なっ!?」

間を外され面食らったザスプが慌ててサーベルを振るうが、遅い。

勢いの乗らぬ刀身の根元を手甲で押しのけると、片腕で胸ぐらを掴みタイロンへと投げ飛ばす。

「うおぉぉ!?」

攻撃中かつ重装備なため、小回りの利かないタイロンはそれをまともに受けてしまった。

仲間とぶつかり体勢を崩した二人。

ジグにとっては絶好の機会で、相手にとっては絶体絶命の危機。

エルシアは二人が邪魔でフォローできる位置におらず、崩れた体勢で受け止められるほどジグの剣は甘くない。

「終わりだ」

双刃剣を両手で持ち直し、獣じみた踏み込みで地を蹴り二人を間合いに収める。二人まとめて叩き潰すつもりで力を込めると上段からの斬り下ろしを見舞った。

蒼い軌跡が轟音を立てて二人に迫り、その命を断とうとした瞬間、

――一筋の銀光がジグの胸部に叩き込まれた。

「がはぁっ!?」

銀光は尾を引きながら直撃すると、胸鎧を容易く打ち砕く。なお止まらぬ勢いは胸を打ち、ジグを地面と平行に吹き飛ばした。

堪らず手放した双刃剣が宙を舞い、派手な音を立ててジグの巨体が壁に叩きつけられた。

棍から放たれた衝撃波が一瞬遅れて周囲の砂埃を舞い上げる。

「油断大敵よ」

光の尾を引く銀棍を回しながらエルシアが構えを解く。

呆けたような顔でそれを見ていた二人は、九死に一生を得たことにようやく気付いた。

「……助かった……サンキュー、リーダー」

自分の首の僅か一センチ横を通り抜けた棍に冷や汗を流しながらザスプが礼を言った。

「まさに間一髪……助かりました。エルシア殿がいなかったら二人まとめて地面のシミになっておりましたぞ」

二人が立ち上がりながらエルシアに礼を言う。

彼女は銀髪をかき上げてニコリと笑った。

「二人とも無事でよかったわ。……鎧、壊しちゃってごめんなさいね？」

「何を言いますか。命に比べたらこの程度、安いものです」

タイロンは脇の部分を叩いてそう笑った。

彼の鎧の脇部分には棍でごっそりと抉られた跡が残っている。

エルシアの行動を言葉にすれば、ただ二人の間を縫って棍を突きこんだというだけだ。

ジグはそれに気づかず不意の一撃をまともに食らった。

……ぶつかって体勢を崩した二人の、ほんの一瞬生じた隙間を狙って寸分違わず打ち込むのがどれほどの困難を極めるのか。

技量と、それ以上に僅かでも狙いが狂えば仲間の命を奪いかねないというプレッシャー。

それだけの離れ業を成した彼女は涼しげに銀髪を払った。

やがて砂埃が晴れる。

壁に放射状のヒビが入り、それを背にしたジグが倒れていた。

「死んだ？」

「死んでない……多分ね。手加減してる余裕なかったから自信ないわね」

「……しかしコイツは一体何なんだ？」

倒れたジグを指して三人の思っていることを口にするザスプ。

一応面識のあったエルシアに視線が集まったので仕方なく答える。

「……本人が言うには傭兵って話らしいけど？」

「こんな傭兵見たことねえ」

ザスプの悪態にタイロンも無言で頷いた。

「それは私もよ」

だが彼女も詳しいことは知らないのだ。

以前に色々と感づかれたために、それ以上近づくのを意識的に避けていたせいもある。

「物凄い速度で等級を上げる新人冒険者、その護衛役として傭兵を名乗る男がいる。という噂は聞いていましたが……これほどとは」

「無茶苦茶な野郎だったな。三等級三人だってのに、たった一人から身の危険を感じさせられるとは思わなかったよ」

サーベルを鞘に収めながら、手に微妙な引っ掛かりを感じたザスプが顔を顰めた。裏拳を受け止めた時に刀身が歪んでしまったようだ。タイロンも大剣に違和感があるのか、しきりに刀身へ手をやっている。まるで大型の魔獣と戦った後に装備の破損を確認するような状況だ。

二人の様子にエルシアは苦々しい顔で先を促す。

「……想定外の時間を食っちゃったわ。急ぎましょう」

「こいつはどうする？」

ザスプに尋ねられたエルシアは判断に迷った。ドラッグ使用疑惑のある者としてギルドへ連行するべきだが、今はさっきの少女を確保したい。

「……放っときましょう。当分は動けないはずよ」

この大男を運ぶのは手間がかかる。後でギルドへ報告して人を寄こしてもらうのがいい。


ジグを撃破した三人はカティアを追うべく駆け出そうとした。

その動きに迷いは無く、自分たちの勝利を信じて疑っていない。

はずだった。

「……え？」

突然、エルシアが止まる。

まるで信じられないものを見てしまったかのように間の抜けた声を上げた。

首筋に冷や汗が流れ産毛が逆立つのを感じながら恐る恐る後ろを振り向く。

何もない路地だ。

誰もおらず隠れる場所などどこにもなく、ただ先ほどまでの戦闘の余波で荒れているだけでなんの変哲もない。

動きを止めた彼女に仲間が怪訝そうにする。

「どうした？　早くいかないと追いつけなくなるぞ」

「いや、待てザスプ。もしや何か……」

エルシアが二人の声を遮るように身を翻す。

倒れたジグ以外誰もいない後ろへ向かって武器を抜くと油断なく構えた。

「おい、何を……」

「まだよ！」

端的に一言叫ぶエルシア。

その口調に先ほどまであった余裕は消えていた。

発したその一言と、尋常ではない彼女の様子で遅まきながら状況を理解した二人が信じられぬ気持ちで、それでも彼女の言葉を無条件に信じて戦闘態勢をとった。

静寂が包み込む路地で、それでも彼らは警戒を解かない。

「――騙せていたと、思ったんだがな」


誰もいないはずの路地に声が響く。

その声には聞き覚えがある。

当然だ。

つい先ほどまで話していた相手の声をこの短時間で忘れられるはずもない。

声と共に倒したはずのジグがむくりと身を起こす。

「……おいおい、冗談だろ？」

ザスプは今までエルシアがあれで魔獣を倒してきたところを何度も見ていた。

防具越しだったとはいえ、あれをまともに受けてただの人間が動けるはずがない。

しかし眼前の光景は彼のそんな常識を覆している。

エルシアの警告がなかったら、無防備な背後から襲撃されていただろうことは想像できる。

あの男の不意打ちを自分は防げるだろうか？

……無理に決まっている。

タイロンの剛撃を受け止め、自分の剣速にも悠々と対応してみせたのだ。

どう対処したとしても、恐らく一人はやられていただろう。

驚愕の表情を浮かべる三人を余所にジグは近くに突き立っていた双刃剣を手にすると、砕けて無残な姿になった胸鎧を見て悲しげな表情をした。

襤褸切れ同然のそれを脱ぎ捨てると軽く肩を回して調子を確かめる。

エルシアの打撃によるダメージは大きい。万全とはいかないことを痛みで把握したジグが顔をしかめながら首を曲げ、パキポキと音を鳴らしながらゆるりと構えた。

「しかし解せんな。気づいていたならもっと早くに動いているだろうに、離れてからバレるとは思っていなかった。どういう理屈だ？」

「……虫の知らせってやつよ」

独特の呼吸をして体の魔力を練り上げながらエルシアが嘯《うそぶ》く。

彼女は落ち着けと自らに言い聞かせる。

アレを受けて立っていられるのは驚いたが、無傷ということはあるまい。実際に相手の動作の節々からダメージが抜けきっていないのは見て取れる。

防具も壊れた以上もう一度耐えられることはないはずだ。

「もう一度同じのを叩きこむ。……アレを使う。時間を稼いで」

小声に無言で頷いた二人が一歩前に出る。

ジグはただ静かに構えているだけだが、そこには得体の知れない圧がある。

「大したものだな、薬の力とは。アレを受けてまともに動いていられるとは流石に思わなかった」

タイロンが注意を引きつけるように声を掛ける。対してジグは呆れたように肩を竦めた。

「奴らが使っているのはこんなものではない。自分の力に体が耐え切れず、しかし再生しながら戦い続ける化け物に変えてしまうような代物だ。あれに比べれば俺が使っているものなど気付け薬程度さ」

「ハッ！　やっぱり使ってるんじゃないか。そんなものは真の実力じゃない」

注意を引くという目的半分、ジグを糾弾する意思半分を込めてザスプが吠える。

自分の実力を頼りにここまで上り詰めてきた彼にはその自負がある。

薬で得た偽りの力などは実力とは言えない。

口にはせずともタイロンも同意見だった。

二人のジグを見る視線に軽蔑が交ざる。

「……真の実力、か」

わずかに鼻を鳴らす。初めてジグの声に嘲《あざけ》るような響きが交じった。

片手で外套を脱ぎ捨て、問いかける様に二人へ疑問を投げる。

「では剣を使うのはいいのか？　弓や魔術で遠くから射殺すのは？　どれも人がより強くなる

ために生み出した道具だろう。今より発達して、指先一つ動かすだけで人を殺せるような武器が出来たとしたら……それでもお前は剣を振り続けるのか？」

「……何が言いてぇ？」

「お前たちは結局、自分が気に入った方法を肯定しているだけという事さ。剣も、薬も、魔術も。人が戦うために生み出した道具に過ぎん。必要ならば使うだけのこと。誇りだなんだと選り好みして、それについて行けない者は死ぬだけだ」

ジグは騎士や武人になりたくて武器を取ったわけではない。

生きるため、戦うために武器が必要で、それが偶々《たまたま》剣だっただけだ。

殺し合いの場で、磨き上げた剣技のみを競いたいなどと戯言を。

「剣に拘るのは結構だが、それに頼って新しいことを拒むままだと足を掬《すく》われるぞ？」

魔術というものを、その恐ろしさを最近知ったばかりのジグにとってこれは自分にも返ってくる言葉だ。つい先ほども相手の魔術への対応を怠って痛い目を見た。

使えないにしても、魔術というものをもう少し学んでおくべきだったのだ。

（まったく、本当に人の事を言えないな）

自嘲めいた笑みを浮かべてジグが体の調子を確かめる。

既に服用した薬はその効果を発揮し始めている。体の痛みは薄れて、感覚は鋭く研ぎ澄まされているのを感じる。

吐く息が熱い。

荒くなりそうな呼吸を意識的に整え、湧きあがる闘争心を抑えつけるように呑み込むと腹の底に落とし込む。

体は熱く、頭は冷たく。

戦いを主目的としながらも、決してのめり込むな。

薬を使って戦闘することに関して、耳にタコができるほど師に言われ続けた言葉だ。

限界を見誤れば容易に体は壊れ、使い物にならなくなる。傭兵は消耗品だが、それはあくまでも使う側にとっての話。傭兵本人にとって自分の命は一つだけのもの。

――大事に使え。体も、心もな。

がむしゃらに剣を振るっていたジグに傭兵団の先輩たちはよくそう言った。こんな仕事をしておいてなにを、とあの時は思ったものだ。

当時のことを思い出して微かに笑う。

感傷に浸ったのは一瞬。

「さて、もう時間稼ぎはいいだろう。こっちも準備は整った」

先程から強烈な魔力のにおいを感じている。あちらも奥の手を切るようだ。

「……随分好き勝手言ってくれたわね」

二人の間を縫ってエルシアが前に出た。

その姿にジグが目を細めた。

「それがお前の切り札か」

銀髪を靡かせて歩く彼女が纏う威圧は先ほどまでと比べ物にならない。

その顔に眼帯は無く、彼女の素顔を露わにしていた。

端整だが艶を帯びた顔つきは彼女の雰囲気そのまま想像通り。

違うのはその目……異様な瞳だった。

常人の白眼にあたる部分は血のような深紅。

瞳孔は縦に伸び爬虫類を思わせるが、その色は黒を通り越した闇色。

両の眼に見つめられればまるで全てを見透かされているような錯覚すらしてしまう。意識の弱い者ならば睨まれる、どころか見られただけでも気を失ってしまいそうになるだろう。

どうやら夥しい魔力の発生源はあれのようだ。

「珍しい眼をしているな」

「それだけ？　もっと素直な感想を言ってくれてもいいのよ？」

「そう言われてもな。お前も異種族なのか？」

「外れ。私は純粋な人間よ……この眼は訳アリなの」

「そうか。詳しくは聞くまい」

「あら、意外と気を遣えるのね。……始めましょうか」

交わす言葉はそれまで。無言で相手の隙を窺い合う両者。

動いたのは同時。

土埃と共にジグの姿がブレるように動き、それと同時にエルシアが半歩踏み込み棍を右上に叩きつけた。ザスプとタイロンが捉えきれなかったその動きを、エルシアは完璧に見切っていた。

瞬時に距離を詰めたジグの双刃剣と銀棍がぶつかり合う。

武器の重量差は銀棍に刻まれた魔術が補う。

しかしそれでも今回は双刃剣を弾き返すことはできなかった。

銀棍の発生させた衝撃波の威力を速度と力、そして技をもって相殺する。

その威力に赤と黒の眼が驚きに見開かれた。至近距離でジグとエルシアの凶眼が交差する。

一度勢いが止まってしまえば力比べで彼女が勝てる道理はない。

エルシアはすぐさま棍を返すと左膝を狙って突き下ろす。

膝の皿を割らんとする一撃を、体を捻り右の膝で払いのけながら横薙ぎの斬撃を放つ。

法衣を翻し後ろに飛びのくが、双刃剣の先端が防いだ棍に引っかかる。

武器ごと持っていかれそうになる勢いに、なんとか堪えて下がると入れ替わるように時間差で二人が前に出た。

風刃を放ちその後を追うようにザスプが走り、タイロンは岩で左半身を覆うように即席の防御を固めると大剣で突き込む。

ジグが不可視の風刃をまるで見えているかのように避けると、距離を詰めたザスプのサーベルが迫る。

囮の一撃目を流すと本命たる二撃目を双刃剣の柄で滑らせるように絡めとり、足を払って地面へ転がす。

続く大剣の突きを横薙ぎで腹を叩いて逸らしつつ、すれ違うように踏み込むと下段斬りが膝裏を狙う。

慌ててタイロンが大剣を戻して足を守るがそれはフェイント。

軌道を変え、地面に突き立てた双刃剣を支柱とした強烈な回し蹴りが、即席の防御を砕いて直撃。

タイロンの巨体が前に飛ばされる。

「ぐわぁ!?」

「あっぶねえ!」

身軽なザスプはさっきと同じ轍を踏まずに回避。

岩と鎧のおかげでタイロンもほぼ無傷だ。

タイロンを蹴り飛ばしたわずかな硬直を、恐ろしいほどの正確さでエルシアが突く。

鋭い突きが喉元まで迫るのをギリギリのところで手甲で弾き、引き抜いた双刃剣を片手で振るう。

最小限の動きで上に逸らしたエルシアがカウンターで脇を打とうとする直前、棍を引き戻した。

直後に棍の真下からかち上げようと迫っていたジグの拳が空を切る。

（完全に死角だったはずだ。読まれたのか？）

当然怪しいのはあの眼だ。

今も魔術を発動し続けているがその効果は依然としてわからないまま。

（まさかこちらの思考を読んでいるなどとは言うまいな）

いずれにしろ厄介なのは間違いない。長期戦は不利と考えていいだろう。

妖しく光る双眸は双刃剣を握りなおすジグの姿を捉えて離さない。

蒼い軌跡が幾筋も空を裂く。

強化されたジグの身体能力は驚異的の一言だ。

三人から絶え間なく攻撃されているのをただ一人で凌いでいるのみならず、隙を見せようものなら即座に反撃が飛んでくる。

察知したエルシアが打ち落としてくれていなければ、既に何度も首が飛んでいたことだろう。

対峙する相手の底知れなさにタイロンとザスプの額を冷たい汗が伝う。

繰り出す斬撃はその全てが必殺。

轟音を立てて体を掠める刃だけでも、防御術へ回している魔力をごっそり持っていく。

魔力の全てを防御に注げばまともに受けても一発だけなら耐えられるだろう。

だが耐えられるだけだ。魔力の尽きた体では戦闘など出来ようはずもない。

（バケモノめ！）

相手はこれだけ激しく動いているというのに、その勢いは一向に衰える様子がない。

削られる魔力と、消耗していく体力。その二つを恐ろしく感じながらも、剣を振ることをやめるわけにはいかなかった。


あまりよくない状況だ。

ジグがそう考えたのは既に四度目の攻撃を防がれた時のことだ。

エルシアと呼ばれるあの女が眼帯を取ってからというもの、こちらの攻撃は完全に読み切られている。

フェイントを織り交ぜた不意打ちも、シンプルに力を込めた一撃もあの女が対処してしまう。

斬り合いの最中、突如死角から飛来した硬貨がエルシアの眼に迫った。

「なっ!?　……ハッ!」

「……」

またた。

双刃剣に隠した左手で指弾を放ち厄介な眼を潰そうとしたのだが、すんでのところで弾かれた。

蒼金剛の混ざった硬貨がついでとばかりに彼女の込めていた魔力を散らす。

最初から何もかもを読まれているわけではない。

もしそうだとすれば既に自分は倒されている。

幾度も試すうちに気づいたのは、相手が対応を変えるのは決まって行動に移そうとした少し前ということ。先程の動揺を見るに思考を読まれているという発想も的外れのように思える。

目がいいというよりも、勘がいいと言うべきだろうか。

「なんのぉ!!」

大剣使いの横薙ぎを勢いが乗る前に弾き飛ばした際にわずかに感じる体の違和感。

薬で誤魔化しているだけで受けたダメージは決して少ないものではない。

手を読まれれば動きづらくなるのは自分の方だ。

(少し、強引に行くか)

†

カティアが部下を引き連れ現場に着いた時、既に一触即発の状態に陥っていた。

どうやら内部から漏れた情報が相手に渡っていたようだ。


――当然それを織り込んで日時をずらした情報を伝えておいた。


カティアから身内に虫がいる可能性を聞いていたヴァンノの案だ。

結果それに騙された内通者をあぶり出し、今まさにばったり出会ってしまったというわけだ。

「こんばんは……というにはちと早いか。そんなに慌てて、引っ越しですかな？　……エリオもそんなとこで何してんだ？」

ヴァンノが部下を引き連れにこやかに話しかける。張り詰めた空気の中で、彼の世間話をするかのような雰囲気は不気味にも感じられる。

「ヴァンノ……いつから気づいてやがった？」

内通者……エリオが苦々しい顔でヴァンノを睨みつけたが、ヴァンノは所在なさげに頭を掻きながら苦笑いした。

「いやぁ気づいちゃいなかったよ？　だがお嬢が出かけてから襲われるまでが早すぎたからな。

案外近い場所にいるんじゃないかと思っただけさ。……で？　雁首揃えてこんなとこで何を？」

額から汗を流す幹部格と思われる一人が、喉を震わせてそれに応じた。

「……あぁ、こりゃあバザルタの皆さん。ええ、最近物騒でしょう？　うちもちょっと治安のいい場所に住もうかって話になりましてねえ」

「そいつは、いけねえな。裏の治安を預かる者として見過ごせねえ話だ。ちょいとお付き合い願えますかね？　詳しくお話を聞きたいんでね」

迫るヴァンノに身構えるアグリェーシャ。

「……いいのか？　俺らと事構えたらそっちもただじゃあ済まねえぞ？　こっちは兵隊をいくらでも調達できるんだ。本部からさらに増員だって来るんだぜ」

人数差はあるもののドラッグの強化……いや狂化を使えば十分にひっくり返せる場面だ。

無論アグリェーシャ側にも多大な被害は出るが、死ぬのはどうせ使い捨ての駒だ。

ドラッグに溺れ切ったジャンキー程度ならいくらでも替えが利く。主要メンバーさえ逃げきれればやりようはあるのだ。

「本部……本部ねえ……ふっ」

男の脅しを鼻で笑うヴァンノ。

「……何がおかしい」

「こっちも馬鹿じゃないんでね。害虫を駆除するのにそれ相応の専門家をお呼びしてあるんだわ――――テメェらに次はねぇんだよ」

害虫と呼ばれたアグリェーシャの構成員たちがにわかに殺気立つ。

しかしヴァンノはその殺気すら生ぬるいとばかりに凶悪に笑ってみせる。

「一度言って見たかったんだよなぁこういうの……先生、お願いします！」

大見得を切った割には他力本願な台詞だ。

しかしそれが彼らの命運を決める。

「誰が先生よ」

声に応えたのは一人の女。

道を空けたマフィアたちの間を通って現れたその女は、独特な出で立ちをしていた。

ゆるりとした上下一体の羽織のような民族衣装。しかし動きづらさは感じず、早足というわけでもないのに滑らかに移動する。

髪は白く、端整な顔立ちが目につく。

細剣《レイピア》かと見紛うばかりに細い刀身の武器を腰に下げたその女は、似たような恰好をした仲間を引き連れてアグリェーシャと対峙するように立ち塞がった。

「何だてめえらは。あぁ？　……その耳……異民か」

男は妙な格好をした女の耳が長いのに気づく。怪訝な顔はすぐに嘲笑へと変わり、不快な声が響き渡る。

「……おいおいおいおい！　こいつは傑作だな！　この街のマフィアは異民に助けを求めるのか？　情けねえったらありゃしねえ。あんたらもあんたらだぜ。街に根付くマフィアが異民をどう扱ってきたのかなんて馬鹿でも想像できる。それでも手を貸すのかよ？」

男だけでなく背後の部下たちも大笑いしている。

だが笑われている当人たちはどこ吹く風だ。

「あんたたちに言われなくても何度も考えた。……でも結局、自分たちだけじゃどうにもならないってのが分かっただけ。なら生きるために利用する。それがマフィアだろうとなんだろうと」

「状況が変われば立場も変わる。なら、時代が変わってマフィアも変わらなきゃならん時が来た。それだけのことですわ。古い考えをいつまでも後生大事にしてると足を掬われるぜ？　アグリェーシャさんよ」

「良く言うぜ。古い考え持ち続けて薬を制限してるくせによ」

「何でもかんでも古いからって捨てりゃいいってもんじゃないさ。必要なものは古くても大事にすりゃいい。それが分からねえから、おめえらは外敵じゃなくて害虫なんだよ」

男の顔から笑みが消える。

もはや戦いを避けられないと理解した以上、やることは決まっている。

「……そうかよ。なら、死ねや」

合図を出すと共に部下たちがドラッグを使う。

快楽と肉体の変化に雄叫びを上げながら武器を抜くと、目前の敵に獣のように飛び掛かった。

白髪の女……イサナは音をたてずに鯉口を切る。

パチリと爆ぜた雷《いかずち》がその刀身をわずかに照らした。

その眼にドラッグで狂化した敵への恐れなど欠片も見当たらなかった。

†

何か来る。

そんな予感と共に彼女の眼が意思とは無関係に発動する。

実のところこの眼は制御できているわけではない。

少し先の未来の光景を映し出すという非常に便利な能力だが、勝手に発動されては日常生活にも支障が出てしまう。それだけが理由という訳ではないが、普段は特殊な魔術刻印を施した眼帯を使って封印している。

忌まわしくも頼れるこの眼は、封印をしても多少の布程度ならば問題なく見通してしまうので、平時戦闘時共に困ることはない。

そして戦いの最中視えた光景にエルシアの背筋が凍り付いた。

「ザスプ！」

声を掛けると共に阻止するべく相手へ攻撃を仕掛ける。

だが何かあることは伝えられても、どう来るのかまで説明している時間は無い。

エルシアに背を向けたジグに銀棍を振るい牽制する。

しかしジグはそれを意に介さずザスプに仕掛けた。

突いた棍がジグの背を打つが、魔力を込めている時間もなく元より前に進もうとしていた相手なので決定打には至らない。

ジグは背を打つ痛みに耐えつつ、横合いから放たれた岩槍を身を捻って躱しザスプとの距離を詰める。

「くそが！」

ザスプは近づかせまいとサーベルに風を纏わせて斬りつける。

双刃剣で捌くが強引に近づいたため捌ききれずに胴を浅く斬られた。掠めた部分を風の付与術が切り裂いて血が噴き出る。

だがそれでも止まらないジグがついにザスプに肉薄した。

この機を逃すわけにはいかない。

近すぎる故に双刃剣ではなく拳を構える。

下がろうとするザスプの足を踏みつけて、腰を入れた頭部への右フック。

破城槌のような一撃に、防御術を展開しながら両腕で防いだザスプの体が衝撃でかしいだ。

「がっ!?」

意識が吹き飛びそうになるほどの衝撃に歯を食いしばって耐える。

これを凌げば仲間が後ろから止めを刺してくれると信じて防御に徹する。

続く左ボディーブローを覚悟を決めて防ごうとする。

「駄目よ避けて！」

「え？」

エルシアの忠告は遅かった。

カチリという音と共に発動したジグのバトルグローブ。

至近距離で発生した衝撃波が障壁を打ち破りザスプの体を吹き飛ばした。

防御に回した両腕の骨が砕けるのを耳ではなく体の軋む音で理解する。

（ああ……強ぇ、なぁ……）

吹き飛びながら届かない相手への称賛と嫉妬を覚える。薄れゆく意識の中で仲間が必死の形相で大男に飛び掛かっていくのが見えた。

（まず一人）

敵の防御が思ったよりも硬く即死させることは叶わなかったが、あれ以上の戦闘は無理だろう。

手傷を負うのは想定内だったが思ったより手こずってしまった。

「貴様ぁあ!!」

「くっ！」

既に振りかぶられていた大剣を足で拾い上げた双刃剣で防ぐ。

渾身の力を込められた大剣を受け止めて足元の地面が大きく抉れた。

ギリギリの防御になったため体勢が整いきっておらず、すぐに撥ね退けられない。

そこにもう一人が迫った。

「ッ!!」

声も上げずに放ったすくい上げるような一撃。

顎を砕かんとする軌道のそれを首を逸らして回避する。背筋の凍るような風切り音がすぐ目の前を通り過ぎて双刃剣を捉えた。

大剣を受け止めている所への下からの棍が直撃し、同時に発動した魔術が更に衝撃を加えた。

如何に頑丈さを誇る蒼双兜と言えど、限度がある。

上下からの圧に耐えたのは一瞬。

甲高い音と共に双刃剣が柄の真ん中から圧し折れた。

「ぐっ！」

折れた瞬間に均衡が崩れ、大剣が迫る。

咄嗟に地を蹴り後ろに下がったが、避けきれなかった大剣の切っ先が横腹を縦に切り裂いた。

「トドメだ!!」

「……調子に、乗るな！」

さらに踏み込んできたタイロンを、折れた双刃剣を逆手に持ったまま迎え撃つ。

縦に横にと斬られた腹から流れる血に加え、胸に受けた強烈な打撃は確実に体力を奪っている。ここで仕切りなおす余裕はジグにもない。これで終わらせる。

斬り上げをよろけるようなスウェイで躱し、続く斬り下ろしを横に弾いて一歩踏み込む。

首を狙った斬撃を籠手で防がせると同時に大剣の背を勢いよく踏みつけた。片手で支えきれなかった大剣の先端が地面にめり込む。

ジグは横合いから振るわれた銀棍を躱しながら大剣に飛び乗ると、大剣を持つタイロンの腕に逆手双剣で二連斬り。

肘の内側、鎧の関節部を狙った攻撃は効果的だが、体勢が悪いために十分な威力を発揮しなかった。それでも一瞬怯ませるには事足りる。

銀棍の一閃を軽やかに飛んで躱すと、両手に持つ剣の片方をエルシアに投げつけながらタイロンの真後ろに降り立つ。

「タイロン！」

悲鳴のようなエルシアの声に動こうとするが遅い。

背中合わせの状態で残った剣を脇に抱え体ごと突き刺した。

重装備かつ密着した状態、しかも勢いを乗せる間もない剣ならば防御術をフル稼働にすれば耐えられただろう――――鎧の一部が砕けていなければ。

折れた双刃剣は他ならぬエルシアによって破壊された部分を正確に突いていた。

紅い血が蒼い刀身を伝い、ゆっくりと引き抜かれる。

「ごぶっ……無念……エルシア殿、お逃げくだされ……」

「タイロン!?」

悲鳴のような声を上げるエルシアの視線の先、脇を深く抉られたタイロンが血を吐いて膝をつく。

残るは後、一人のみ。


エルシアが素早く周囲に視線を走らせる。

状況はかなり悪いが、それでも冷静さを失わないのは彼女の高位冒険者としての経験ゆえだ。

（ザスプは意識を失っているけど、外傷も少ないし命に関わる怪我じゃないわね。問題はタイロン……出血が酷い。彼の回復術じゃその場凌ぎにしかならない……すぐに医者に診せないと）

しかしそれを目の前の男が許すとは思えない。

先程からタイロンを狙う素振りを見せてこちらに揺さぶりを掛けている。

もしかしたらあの傷の深さは意図的なものかもしれない。

やろうと思えば剣を捻り、内臓をかき回して致命傷を与える時間はあったように思える。

深手だがまだ助かるラインを狙うことで足手纏いを作り出し、こちらの戦力を削ぐ……実に効果的だ。

(もし狙ってやったのだとしたら……なんて狡猾な男なのかしら)

エルシアの額を脂汗が伝う。

冷静に状況を分析すればするほど取れる選択肢は限られてくる。

最も利口なのは仲間を見捨てて逃げることだが、それが出来れば苦労はしない。

いくつかの可能性を考慮したエルシアが意を決して口を開く。

「大したものね。正直、ここまで出来るとは考えていなかったわ。どうやったらマフィアがあんたほどの人間を雇えるのかしら?」

「……時間稼ぎか。仲間が倒れているのに随分悠長だな……増援狙いか?」

無感情に言い放ったジグの言葉にエルシアの肌が粟立つ。

今のやり取りだけでそこまで見破られているというのか。

戦いの場数が違う。

相手の男も自分と似たような眼を持っているのではないかという疑問が浮かぶほどだ。

そんなエルシアを余所にジグは目を細めて口を開いた。

「……俺の質問に答えている間ならば、その時間稼ぎに乗ってやってもいいぞ」

「え……？」

あまりに想定外の事を言われて思わず間の抜けた声が出る。

相手を見ればこちらへの戦意とは別に興味津々といったように自分を見ている。

正確には、自分のこの凶眼に視線を注いでいる。

「その眼は、なんだ？」

端的な質問。

下手な言い訳や引き延ばしをすれば、即座に襲い掛からんばかりに構えている。

彼女にとって話したいことではない。それでも今はほんのわずかな時間すら惜しい。

悩んでいる暇は無かった。

こちらが口ごもるようなことがあれば、すぐにでもあの男は襲い掛かってくるだろう。

「龍眼……そう呼ばれているわ。発生原因は不明で遺伝でないことは確か。保有者自体かなり稀で、強いて言うなら共通点は魔力保有量に優れていることくらいかしら」

「ほう……」

興味深く聞いているジグが視線で先を促す。

エルシアは少しでも時間を稼ぐために、自分の知っていることを事細かに説明する。

「亜人やそのハーフに発現したって報告は過去になくて、人間だけに起こる特異現象で……」

「肝心なところを言え。何が見える」

話したくない本質を避けて余計な話で時間を稼ごうとしたが、ジグの直球にエルシアがわずかに躊躇いを見せた。

しかし彼が仲間に視線を移すと止む無く口を開く。

「……少し先の未来の光景を見ることができるわ。任意ではなく、強制だけど」

「制御できているわけではないのか？」

「そうよ。あの眼帯はそれを抑え込むためのもの。それでも偶に暴発しちゃうけど……」

「……なるほどな。あの時俺に使おうとしていた魔術はそれか」

一人納得しているジグ。

何故そのことに気づいたのかと問いたくなったが今は何かを聞ける立場にない。

(まだかしら……早く、この男の気が変わらないうちに……)

タイロンも青い顔で回復術をかけているが、まだ動けるまでは時間がかかりそうだ。

それにあの男が気づいていないはずがない。

「不意打ちに気づいたのも、こちらの狙いが読まれていたのもそのせいか……他に何か見えるものは？」

「……他、とは？」

「とぼけるな。先が少し見える程度であの眼帯は大袈裟過ぎる。まさか眼の色が違うから迫害されるとは言うまい？」

確かに珍しい色で、人によっては恐怖を覚えるかもしれない。しかしこの大陸にはウルバスのような鱗人を始め様々な亜人がいる。

彼らの爬虫類の眼とエルシアの龍眼に、見た目の大きな差があるとはジグには思えなかった。

「……」

ジグの指摘に苦虫を噛み潰したように顔を歪めるのを見るに当たっているようだ。

本来ならばそうそう聞ける話ではないのだろう。

随分珍しい眼というのもあるが、強力な手札を自分から晒すものもいまい。

しかし今の状況ならば、仲間思いの彼女は一歩踏み出して脅してやれば堅い口もすぐに開くだろう。

「心が、読める……そう言われているわ」

「実際は違うと？」

「口で説明するのは難しいけど、そうね……」

エルシアは下げていた視線を上げてジグと目を合わせた。魔術のにおいを感じ取ったジグが身構えるが妨害はしない。

妖しい光を灯したその瞳がジグを正面から見据える。

「……この眼への興味、それと依頼人の安否、かしら？　……案外真面目なのね。あと一番大きいのは……黒髪の女性」

「……」

紡がれた言葉に無言で眉間にしわを寄せると、気づかれぬよう静かに警戒を強くする。

逆手の折れた双刃剣をくるりと回すと順手に持ち替え重心を落とした。

「これくらいが限界。その時相手の思考を埋めているものが多少見える程度なのよ。心を読むなんてとても無理ね」

「……相手の隠し事までは見えないのか？」

もし自分たちの事まで見ることができるとしたならば。

万が一にでも彼女の素性を暴き、危害を及ぼしうる存在になるのならば――

先が見えようとも対処できぬほどの連撃を叩き込めるように静かに呼吸を整える。

よし、大丈夫だ。いつでも殺せる。

一足一刀の間合いにエルシアを捉えたまま彼女の言葉を待った。

「例えば店のお金を使いこむ、裏帳簿を付ける、詐欺をする。これらの根元は全部お金の問題よね？　だから私にはお金しか見えない。だからあんたの頭を覗いて見えたのは私の眼と、マフィアの娘と、黒髪の女性だけよ」

「ふむ……」

ジグは相手の振る舞いをつぶさに観察する。

元より眼力のある方ではないので、嘘をついているかどうかを判断するのは難しい。

だがもしシアーシャの正体と自分が異大陸から来たことを知ったならば、少なからず態度に出ているはずだ。

これが有象無象の冒険者であれば始末してしまえばいいのだが、揃いも揃って三等級ときた。

二等級のイサナと比べると格下ではあるが、十分に高位冒険者と言えるだろう。なるべくなら殺すことは避けたい。

（まったく面倒なことだ）

舌打ちしたい気持ちを抑えてエルシアを観察する。

その様子に不自然なところは無く、しきりに仲間の具合とこちらの隙を窺っているだけだ。

嘘はついていないない、と思う。

（多分な……）

ジグは最後までこのまま殺さずに見逃した場合と、三等級を始末するリスクを天秤にかけていたが、そのわずかな時間で状況が動いた。

「時間切れか」

「え？　……ちょっ!?」

ジグの呟きに聞き返そうとした時、エルシアの意思とは無関係に発動した龍眼が彼女に少し先の光景を見せる。
見えた光景に驚く間もなく咄嗟に動いた。
ジグは残っていた剣をタイロンに向かって投げつけると同時に走り出した。
それを知っていたエルシアが高速で迫るそれを棍で叩き落とす。
その間に距離を詰めたジグが頭部に向かって上段回し蹴り。
首を刈り取る軌道のそれは、しかし身を屈めて躱したエルシアの銀髪を数本散らせた。
だがジグの蹴撃はそれだけにとどまらない。
蹴り足を軸足に変えて勢いを殺さぬまま後ろ回し蹴り。
砲弾のような蹴りを横に構えた棍で受け止める。
「かはっ」
腕の力だけでは受け止めきれずに後ろに飛んだ。
それでも殺しきれない衝撃は法衣に回した魔力で凌ぐ。
(武器無しの体術でもこれだけの戦闘力か！)
その蹴りの重さに舌を巻く。
「でも無手は流石に舐めすぎよ！」
追いすがるジグにカウンター気味に顎を狙って棍を突き込む。
どれほどジグの体格が良くとも、武器と素手のリーチの差は如何ともしがたい。

彼の手足はエルシアに届かず、彼女の棍が先に当たるのは物の道理というものだ。

――――ジグの狙いがエルシアであれば。

「流石にそこまで無謀ではない！」

「なっ!?」

ジグは急ブレーキをかけるとギリギリで体を捻り棍を回避。そのまま体を回転させ上段後ろ回し蹴りを放つ。膝裏で目前にある棍を絡めとると、蹴り足を下ろしてもう片方の足で挟み込み脚力で強引に棍を毟り取った。

当然エルシアも抵抗したが元より力で及ばない相手、更には腕力と脚力という圧倒的不利な条件では敵う訳もない。

武器を奪ったジグがくるりと棍を回して構える。

「やはり長物は手に馴染む」

握りを確かめるように手を動かす。

あまりの重量の無さに不安を感じるが、これでもジグの双刃剣を受け止めた武器だ。

魔術は使えなくとも頑丈さにおいてこれほど信用の置けるものもないだろう。

「くっ……！」

武器を奪われたエルシアはとうとう冷静さを保てなくなっていた。

これで後はもう嬲《なぶ》り殺しだ。

どうにかして仲間だけでもと考えを巡らせるが、現状を打開する方法は思い浮かばなかった。

ジグは焦りを隠すことすらしなくなったエルシアを見て笑う。

「そう悲観するな。お前の身を削った時間稼ぎは無駄ではなかったぞ」

ジグの言葉と同時に複数の足音が聞こえてくる。

足音はかなり速く、金属が擦れる音から武装していることが分かる。

(間に合った……！)

援軍が辿り着いたことに歓喜の表情を浮かべる。

同時に眼のことを思い出して慌てて眼帯を捜すが、乱戦だったために周囲には見当たらない。

(あああ不味いわ……カッコつけて放り捨てるんじゃなかった！)

そんなエルシアの前に見慣れた銀棍が差し出された。

「これか？」

見ればその先に引っかかっているのは自分が着けていた眼帯だ。

「あ、ありがとう……」

困惑しながらも受け取ると砂を払っていそいそと眼帯を着ける。

それを尻目にジグは踵を返すと走り出した。

慌ててそれを呼び止めるエルシア。

「あ、ちょっと！」

「悪いがこいつは貰っていく。武器の弁償代に当てさせてもらう。命が助かっただけ有難く思うんだな」

　こちらが口を挟む間もなくそう言って銀棍を片手に駆け出す。

　その背に幾筋もの光が放たれた。

　光は魔力で強化された矢と攻撃魔術だ。

　瞬きする間での速射でありながら狙いは的確に追いすがる。

　後方から迫る追撃が当たる直前にジグが跳んだ。

　地を蹴り壁を蹴り、あっという間に見上げる程の高度を稼いで追撃の射線を外してみせた。

　だが射手もさるもので、急ブレーキをかけて滑り込みながら立膝の射撃体勢へ移行。宙にいるジグに向かって渾身の一射を放つ。

　燐光を放ちながら迫る矢。

　空中にいては避けられないそれをジグは身を捻り棍で打ち払った。

　矢と銀棍がぶつかり眩い光が路地を照らす。

　その光の中、ジグと射手の目が合った。

　射手の驚愕の表情を視界の端で認識しながら着地すると、速度を上げてその場を去る。

　追撃は、放たれなかった。

†

走り去っていく背を呆然と見送る。

その間に先ほどジグへ矢を放った者たちが駆け寄って来た。

「エルシアさん！　無事ですか!?」

現れたのはアランたちだった。

彼らは油断なく周囲を警戒しながらエルシアを守るように囲む。

魔術の得意なリスティとマルトはタイロンたちの治癒に回っている。

「立てますか？」

「私は大丈夫よ……タイロンとザスプをお願い」

眼のおかげで消耗こそしているが、エルシア本人は目立った攻撃を受けていない。

アランはふらつきながらも一人で立ち上がるエルシアを見て問題ないだろうと判断する。

「分かりました。ライル、そっちは任せる」

「あいよ」

周囲に敵影がないのを確認するとライルは治療中のタイロンの具合を診た。脇を抉った傷は深く、本来ならばもう少し塞がるまであまり動かすべきではない状態だ。

しかし未だ脅威が去ったと確信できる状況ではない以上、悠長にしているわけにもいかない。

ライルとマルトで支えてゆっくりと立ち上がらせる。

「リスティ、先行してくれ」

「分かった」

そう頼むライルの声はいつになく硬い。彼の額にはじっとりと嫌な汗が滲んでいる。

(冗談じゃねえぞ……三等級パーティーを壊滅させるほどの敵が出るなんて聞いてねえっつうの)

元より昇給直後の評価値稼ぎのためにリスクと報酬の少ない調査依頼を受けたのだ。

それが蓋を開ければ、三等級でも有数の実力者たちが地を這っているではないか。

割に合わない、などというレベルではない。

ライルはマフィアがこれほどの戦力を持っているなどという話は聞いたことがなかった。

多勢に無勢で倒したというのならばまだ分かる。

しかし戦闘痕や足跡を見るにさして大人数には見えない。

「戦闘用ドラッグを使ったとはいえ、所詮はマフィア……そう考えていたんだがなぁ」

危険度も認識も大きく改めなければならないようだ。

最悪評価が下がることを承知で破棄することも視野に入れなければならない。

もうすぐ昇級だという所で依頼破棄は非常に残念ではあるが、命には代えられない。

「ったく、ツイてねえなあ」

それでも悪態が出るのを抑えずに前を見ると、リスティが何やら考え込むようにしている。

警戒は怠っていないが彼女にしては珍しいことだ。

「どうしたリスティ？」

「……ううん、後で話す」

何かあるのか声を掛けると首を振って歩き出した。

ライルはその様子に違和感を覚えたが、彼女の言う通り今はここを離れるのが先決だ。

疑問を仕舞いこむとアランたちはその場を後にした。

四章　同じ穴の狢《ムジナ》たち

WITCH AND MERCENARY

アグリェーシャのアジト。

薄暗くなり始めたそこにいくつもの火花や光が散っては消える。

バザルタとアグリェーシャの構成員たちが怒号をあげながらぶつかり合い、そこかしこで血が流れている。マフィア同士の抗争、その最前線に立っているのはイサナたちだった。

「はぁ！」

翠の雷を迸らせながら振るわれた刀が飛来する魔術と矢を斬り払うと、その隙間を縫うように差し込まれた曲刀を受け止めた。

手首を返して刃を逸らしながら横へ流すと返す刀で相手へ斬り込む。

鋭く斬り返されたマカールは慌ててそれを躱すと距離を取る。

「ああ！　畜生が!!　どうしてこう上手くいかねぇ!?」

「旦那、口より手を動かしてくれよ！」

「てめえの援護が足りねえんだよジャイコフ！」

「俺に当たるなって！」

曲刀のマカールにジャイコフと呼ばれた大弓の男。

口喧嘩をしながらも二人の連携は確かなもので、イサナは思うように攻め込めずにいた。

ちなみにどうやったのか、ジグに斬り落とされた腕はくっついている。

(どちらか片方ならどうにでもできるのに……)

マカールによる力任せの鍔迫り合いから刀を横に逸らしていなすと、柄頭で相手の腹を強かに突いた。

怯んだところに鋭い逆袈裟斬りをお見舞いする。

マカールはバックステップで距離を取ったが避けきれずに腹から胸にかけて斬られ、少なくない量の血を流す。

追撃に移ろうとしたところにジャイコフの矢が放たれ、止む無く足を止めて対処する。

その間にマカールの傷は塞がり始めていた。

(なんなのあの再生力……ドラッグってこんなヤバい代物なの？　ギルドやマフィアが躍起になるのも納得ね)

消耗狙いで傷を作ってもすぐに再生してしまう。

相手の力も速度もかなりのものだが、技は勢い任せで荒さも結構目立つ。だがその穴を埋めて余りある再生力が非常に厄介だ。

一撃で仕留めようにも、作った隙をもう一人に埋められて一太刀で首を刎ねることは難しい。

（不本意だけど、足止めが私の役目か。機は必ず来る）

幸いあの二人はこの中で一番の実力者のようだ。

もう一人出来る奴がいるが、そいつはシュオウが相手をしてくれている。他は数こそ多いがドラッグで強化した寄せ集めばかりだ。達人とまではいかなくともジィンスゥ・ヤの精鋭が負けるはずもない。

バザルタのマフィアたちも多対一の状況を作り出し数で劣るジィンスゥ・ヤが囲まれぬようフォローしている。

頼みの精鋭を抑えられ、切り札のドラッグも通用しないバザルタを前にして戦いの趨勢はほとんど決まっていた。

「……ちくしょう、やってられるか。こんな奴らがいるなんて聞いてねぇよ！」

敗戦が濃厚になり、一部の構成員が逃げようとしたが、その前に新手が立ち塞がった。

道を塞がれたマフィアがやぶれかぶれに剣を片手に突っ込む。

「よぉ、どこ行こうってんだ？　お楽しみはこれからだろ！」

蒼い刀身をもつ短刀が剣を払い、カウンターのハイキックが決まる。

力は弱くとも遠心力を乗せた硬いブーツで頭部を蹴られれば効かないはずもない。

カクンと落ちた膝を払って転がせば取り巻きの男たちが止めを刺す。

「アタシに手を出そうとした落とし前はつけさせてもらうよ！」

アグリエーシャは遅れて駆けつけたカティアたちにより完全に逃げ場を失った。劣勢になったアグリエーシャ陣営が悲鳴のような声で叫ぶ。

「クソがぁ！　ローライド商会の愚図どもはまだ来ないのか!!」

「知るか！　繋ぎの冒険者共に伝言を頼んだはずなのに……どうして来ねぇ!?」

†

一方その頃。

ローライド商会は混乱の最中にあった。

シアーシャとリンディアの監視に気づいたまでは良かったのだが、大した装備もしていない女二人と侮って逸ったのが悪かったのだろう。なお、彼らはもれなく首だけ地面から生えている状態で意識を失っている。

そして手を出されたのを良いことにシアーシャたちはローライド商会に直接乗り込んでいた。

「なんでこの商会こんなに武器を隠し持ってるの!?」

「死ねぇ！」

血走った目で斬りかかる男の剣を受け流し、盾で横面を殴り飛ばしたリンディア。死なない程度には加減されているがかなり強く打たれたはずだ。しかし男は折れた歯など気にも留めず、襲い掛かって来る。

「ちょっ!?　しかもやたらと頑丈だし！」

　手こずるリンディアの横合いから突っ込んできた別の相手が土腕で殴り飛ばされ、商品棚を派手になぎ倒した。

「なんだかこんな人たちを前にも見たことある気がしますね」

　シアーシャは折れた腕が逆再生するように治っていく様子に首を傾げる。

「よくあることなんでしょうか」

「ないって！　何あの再生力……絶対まともな魔法薬じゃないよ。やっぱりこの商会真っ黒だね！」

　リンディが片手剣で相手の武器を絡めとり、風の魔術を腹にぶち当てて吹っ飛ばした。

「では真っ赤に変えましょう」

「それもダメ！」

　騒ぎを聞きつけた憲兵が駆けつけ、シアーシャたちごとまとめて取り押さえられるまでその騒動は続いていた。

徐々に減っていくアグリェーシャの陣営。時間が経てば経つほどバザルタへ有利に働く状況だ。

相手もそれを分かっているのか、決着を焦っていた。

そこに勝機がある。

イサナは冷静にその時を待った。


「クソ、クソ、クソぉ!!」

マカールが湧きあがる衝動を曲刀に乗せて目の前に叩きつける。

しかしその全てが暖簾を叩くかのように手応えがない。

(昨日の野郎といい、なんだってこんなのがポコポコ出てきやがる!)

口でも内心でも悪態をつきながら剣を動かすが、相手を捉える気配もない。

隙を見て風刃を放っても着流しの裾を傷つけるのが精々。

力は流され、技も、頼みの速度さえも上を行く相手への対処法をマカールは知らなかった。

薬で昂っていた全能感が急激に薄れていき、代わりのように苛立ちがつのる。

「こりゃ、まずいねえ」

絶好のタイミングで放った矢が三度防がれてジャイコフが独り言ちる。

マカールは間違いなく強者だ。

ドラッグ無しでも国の騎士すら手玉に取り、隊長格でも単身で渡り合えるほどにはできる。

そのマカールをこの女はまるで子供扱いだ。

目の前の白髪女だけでなくその取り巻きも手練れのようで、ドラッグで狂化した下っ端を危なげなく処理していく。

マフィアの抗争らしからぬその洗練された動きは、自分たちの本拠でもそうそうお目にかかれるものではない。

（異民程度と舐めていたらとんでもないのが出てきやがった。もっと驚いたのはそんなのと古参のマフィアが手を組んだことだけど……蛇蝎《だかつ》のヴァンノ、聞いていた以上に切れ者みたいじゃない）

戦闘が激化し、血飛沫舞うこの状況でもヴァンノは粘ついた薄笑いを浮かべたままだ。

周囲の手下がどんどんと倒されていくのを横目に、ジャイコフが舌打ちして逃げの算段を打つ。

「旦那！　ここまでだ、退こう！」

「……っ!!」

虚仮《こけ》にされ放題で退けるか！

マカールはそう叫びたかったが、彼のほんのわずかに残った冷静な部分がその激情をギリギリのところで押しとどめた。

血走った目でイサナを睨みつけてちぎれんばかりに唇をかみしめる。

偶然近くにいた手下を掴みよせ、イサナに向かって強引に投げつけると踵を返して走り出した。

ジャイコフも矢を放ちながら後ろに下がり始める。

「…………スゥ」

来た。ここが勝機。

イサナは迫る敵と矢に構わず刀を鞘に納めると一つ息を吐く。

体の強化に神経を注ぎ、遠ざかる敵と自分の間合いを正確に見定める。

瞬く間に夥しいほどの魔力が集まり彼女の髪がふわりと浮かび上がると、眼が翠玉の輝きを放つ。

刹那、雷が奔った。

極限まで跳ね上げられた身体能力と練り上げた歩法は、イサナの体を矢のように弾き出す。

周囲の人間がまるで捉えきれぬほどの速度で放たれたイサナが、真っ直ぐにマカールへ向かう。

正面に迫っていたアグリェーシャのマフィアと矢は抜く手すら見えぬ一刀で斬り払われ、なおも速度を緩めることなく進む。

「旦那ぁ!!」

「なっ!?」

ジャイコフの叫びにマカールが雷光を伴って接近するイサナに気づいた。

だが、遅すぎた。

仮に間に合っていても結果はそう変わらなかっただろうが。

再度納められていた刀が音すら置き去りにして解き放たれる。

抜き放たれた刀は翠雷を帯びたまま高速で迫り、マカールが咄嗟に掲げた曲刀をバターのように斬り飛ばす。

勢いは止まらない。抜刀のまま体を一回転させ、再びの逆袈裟斬り上げ。

反射的に身を守ったマカールの両腕が何の抵抗もなく宙を舞った。速過ぎる斬撃に血が吹き出るのすら遅い。

まさに手も足も出ない状況にマカールの瞳に薬でも隠し切れぬ恐怖が浮かんだ。

イサナは振り抜いた刀を流れるように大上段に構える。

「覇ッ!!」

裂帛《れっぱく》の気合と共に振り下ろされた刀は、断末魔すら上げさせることなくマカールを頭頂部から股下まで一刀両断にした。

雷の強化術を推進力とした電磁抜刀術。

翠雷を纏った刀の軌跡が美しいとすら感じさせる三連撃に、両陣営が戦いの手すら止めて息をのむ。

血を払い残心を解くと同時、二つに分かたれたマカールの死体が血と臓物を撒き散らしながら倒れ伏した。

その死相は恐怖に塗れていたが、彼が恐れを感じることは二度とない。

「ッ！」

死体が倒れる音で真っ先に我に返ったジャイコフは、懐から球状の魔具を取り出すと足元に叩きつけた。

鈍い音と共に球が弾けたその途端に、黒い煙が立ち込めて彼の体を隠してしまう。

「くそ、今時煙玉かよ！　誰か、風起こせ!!」

煙の規模も小さく、すぐに魔術で突風が起こりその煙は晴らされてしまう。

だがジャイコフはほんの一瞬だけでも視線が切れればそれでよかった。

煙が収まった場所には彼の大弓が残っているだけだった。

「何とかなりそうか……」

カティアは油断なく視線を巡らせながらそう呟く。

戦況は既にこちらへ大きく傾いていた。挟撃されたアグリェーシャは前後の対処に追われて思うように動けずにいた。

さらにはジィンスゥ・ヤの助っ人を筆頭にバザルタの腕自慢が矢面に立ち敵を押し込んでいる。ドラッグの再生力と身体能力の向上は確かに厄介だ。しかし如何に常識外れの力を発揮したと言っても所詮は人間。力も生命力も強力な魔獣には及ぶべくもない。

そう考えてみれば理性を手放した人間など、低級の魔獣程度の脅威でしかないのだ。マカールやジャイコフのような元から強い人間が使えば、理性もそれなりに残っているようだが。

――道具とは使うもので、使われるものではない。お前たちは危ないおもちゃを手にして喜んで使っているガキと同じだ。

（なるほどね……こういう事かよ）

以前にジグがマカールへ言い放った言葉の意味を理解した。彼は挑発するためではなく、本当にそう思っていたことを口にしていただけなのだ。

敵の主力であるマカールが倒れ、もう一人が逃げたことで勝敗は決したと言っていい。

カティアは額の汗を拭うと緊張を少し緩めようとして思い直す。

「……おっといけない。前にこうやって油断したから不覚を取ったのを忘れるところだった」

以前にドラッグ使用者と戦った時に手痛い失敗をしたのを思い出し、緩みそうになる気を引き締める。

それが彼女の命を救った。

「っ!?」

視界の隅に違和感。

そう思った時には体が動いていた。咄嗟に下がったカティアの目の前数センチをダガーが横切る。

黒く塗りつぶされたダガーは狙いを外し、近くにいた護衛のマフィアに刺さった。

「ぎゃっ!」

悲鳴を上げた彼が腕を押さえる。

そう腕だ。ダガーの軌道は首ではなく腕を狙ったものだった。

殺しが目的ではない。

「お嬢、下がってください!!」

そう考えを巡らせるカティアを異変に気付いた部下が庇うように前に出た。

彼らに向かって何かが突っ込んでくる。

魔術だろうか、黒い靄《もや》のような何かはかろうじて人型をしていると分かるくらいだ。

ダガーを投げたと思しき襲撃者はこちらの護衛にひるむことなく進む。

──速い。

「この……がぁ!?」

「ぐぁあ！」

黒い靄は瞬く間に距離を詰めると仲間の攻撃を躱して、お返しとばかりに反撃を飛ばしてくる。

血を流し、地を這わされた彼らを踏み越えると靄はカティアに迫る。

「……ッ、らぁ！」

下がるのは間に合いそうにないと判断したカティアが腰の短刀を抜いて斬りつける。

靄はそれを受け止めると強引に押し込んできた。

「くぅ……!!」

それに必死で抵抗していると、突然靄が消えた。

蒼金剛を使った短刀が相手の魔術に触れてその制御を乱したためだ。

「頑張るねえ。だけど俺も必死なんだわ!!」

「てめえは……！」

至近距離で余裕のない笑みを浮かべるのは、先ほど逃げたはずのジャイコフであった。

†

（畜生が。旦那までやられちまった……上になんて報告すりゃあいいんだ）

カティアが襲われる少し前、マカールが殺されその場から逃げたジャイコフは抗争の人ごみを縫うようにして走っていた。

奥の手である欺瞞《ぎまん》の魔術により、ぼんやりとした靄のように見えている彼は混乱に乗じて姿をくらませていたのだ。

無論何かが通っていることには気づかれるが、戦闘中故に咄嗟に対応できない。

しかしジャイコフは自分が未だ窮地を抜け出したとは思っていなかった。

（威力偵察兼勢力拡大の足場づくり失敗……どころか幹部二人を失って何の成果もなくおめおめと逃げ帰って来たとあっちゃあ、立場より命の心配をしなきゃならねえ）

それだけは避けねばならない。

何か、何かないか。

自分の失態を少しでも好転させる何かが。

（……見つけた）

そうして周囲を見回すジャイコフの目にカティアが留まった。

ヴァンノとは別に抗争の指揮を執っている彼女は、バザルタでも重要人物でありながら周囲には碌な護衛がいなかった。

マフィアの中じゃ多少腕は立つが、ジャイコフからすれば大した相手ではない。

降って湧いたチャンスにジャイコフの口端が緩む。

自分の運はまだ尽きてはいない。

アレを手土産にすれば、失態帳消しとまではいかずとも挽回の機会くらいは与えられるはず。

使い方次第では大きな価値を持つ交渉材料になるだろう。

（俺が組織でやっていくにはそれしかねえ）

組織から抜けることは最初から考えていない。

今さら抜けたところで先は見えているし、何よりアグリェーシャは裏切りを許すほど温い組織ではない。どれだけ逃げようとも見つけ出し、血の制裁が下されるだろう。

ジャイコフは隙を窺いながらダガーを抜くと、カティアに向けて駆け出した。

麻痺毒を塗ったダガーを腕めがけて投げつける。

しかしなんと標的はそれを察知して回避したではないか。

存外に勘が鋭い。

そのまま抱えて連れ去るつもりだったが予定変更だ。邪魔者を蹴散らして強引に連れて行かせてもらおう。

気づいたバザルタの護衛が立ち塞がるが、遅い。

欠伸の出そうな速度の攻撃を避けると足を狙って斬りつける。

止めを刺している暇はない。今は動けなくできればそれでいい。

障害とも呼べないそれを踏み越え手を伸ばす。

「らぁ！」

獲物が健気にも抵抗してきた。

意外にも鋭い斬撃に驚いたが、その程度だ。受け止めると力で強引に押し込む。

（お？）

何故か欺瞞の魔術が解除されてしまった。

不思議に思い相手を見ると、手にする短刀が蒼みを帯びていることに気づいた。

蒼金剛製の短刀とは贅沢な。しかしいくら性能のいい武器を持っていようと扱うのが小娘では宝の持ち腐れというもの。

膂力に任せて押し切ろうとするジャイコフに歯を食いしばり必死に耐えるカティア。

「頑張るねえ。だけど俺も必死なんだわ!!」

「てめえは！」

欺瞞の魔術が解けてジャイコフの顔を見たカティアがその狙いを察する。

先程のダガーはやはり外したのではなく、こちらの動きを封じるためのものだったようだ。

「させるかよぉ!!」

自分が捕えられれば組織にどれだけの不利益が出ることか。

末端のいつでも切り捨てられる立場であればまだいい。だが自分のためであれば組織が……親父が黙っちゃいない。

足手纏いは御免だ。周囲の仲間はジャイコフに切り伏せられているが、少し時間を稼げば仲間が駆けつけてくるはず。

しかし悲しいかな、覚悟だけではどうにもならない力の差がある。

「いい加減、諦めなよ！」

「うわっ!?　ぐふっ……」

ジャイコフが組み合ったダガーを強く弾き上げる。

押しとどめるのに必死だったカティアは、それに対応できずに両腕を撥ね上げられてしまった。

ガラ空きの胴体へジャイコフの蹴りが突き刺さる。

胃袋がひっくり返りそうになる錯覚に陥りながら後ろに転がされた。

「うっ……」

吐き気がこみあがってくるのを必死に堪えながらすぐに立ち上がる。

腹部が熱い。ただの一撃で体が悲鳴を上げているのが分かる。

だがそれでも、ここで捕まるわけには行かない。

蹴り飛ばされながらも手放さなかった短刀を震える手で構えようと前を向く。

「……あ」

彼女の眼前、既に振りかぶられたダガーが迫っていた。

「悪いけど、抵抗するなら腕の一本は落とさせてもらうぜ？」

生きてさえいれば十分に交渉材料になるからなぁ。

そう言いたげに歪められたジャイコフの口元。

宣言通りダガーの軌道は左肩口から真っ直ぐに切り落とすものだった。

追いつかない体。

それでも目だけは背けまいとジャイコフを、その凶刃を睨みつける。

だから、見逃さなかった。


「――ほう、気が合うな。俺もそう考えていたところだ」


ダガーがカティアの腕を切り落とす直前、声と共に横合いから伸ばされた手がジャイコフのダガーを持つ手を掴む。黒く塗りつぶされたダガーはカティアの肩口にその先端を触れさせながらも、そこより先へは一寸も進むことが叶わなかった。

太い手はジャイコフの力で勢いをつけた振り下ろしを、腕一本で止めながらピクリとも動か

ない。

のみならず逆方向へ押し戻し始めた。

「へ？　……ぃぎゃあああああああ！！！」

腕は振り上げた位置まで行っても止まらず、そのまま関節の可動域を無視して一回転。

当然、腕はそんな角度まで曲がるようには出来ていない。骨が砕けるのもお構いなしに回された腕はべきべきと破滅的な音が鳴っていたが、すぐに肉と筋繊維が引き千切れる、びちびちという音が混ざり始めた。

一拍遅れて響き渡るジャイコフの常軌を逸した悲鳴。

あまりの絶叫に周囲の目が一時的にこちらに向き、そして彼らは皆、驚愕のあまり動きを止めた。

逃げたと思っていたジャイコフがいたことに？

否。

自分たちの重要人物が襲われていたことに？

それも、違う。

「あああぁぁ！　腕、うでがぁぁああ!?」

ジグは一回転させたジャイコフの腕を強引に引き千切る。

絞った雑巾《ぞうきん》のように捻じれた肩口から、細長い繊維のような物がまとめて引きずり出された。

捩じ切った際に血管が絡んだせいか、意外にも血の量はそこまで多くはない。

それでも穴の開いたバケツのようにぴゅーと血が飛びジグの頬を濡らした。

まるで子供が虫の手足をもぎ取るが如く。

先程のイサナの絶技とはまるで違う理由で彼らは動きを止めてしまう。

静まった場でジャイコフの絶叫が響き続けていた。

「声が大きい」

至近での悲鳴に顔をしかめたジグが、もぎたてのジャイコフ・アームRを振るう。

腕は綺麗なスイングと血の軌跡を描きながら、傷口を押さえて喚いていたジャイコフの頭部に直撃。

意識を失った彼はそのまま血だまりに倒れ伏した。


目の前の危機が去ったことでカティアの緊張の糸が切れた。

震えていた膝をついて荒い息を吐く。

冷や汗が頬を伝っているのを見るに、結構ギリギリだったようだ。

「すまない、遅くなった」

そう言って手を差し出すジグ。

カティアはまだ立てそうにないので、地面に座り込んで手を振ってそれを断る。

「いいよ別に。一人で進むって決めたのはアタシだからな。あんたは自分の仕事を十分果たしてくれたよ」

当初ジグに求めていた役割を考えれば過剰すぎるぐらいだろう。

自分の都合で動かせる便利な用心棒程度に思って雇ったが、良くも悪くも彼が及ぼした影響は大きい。

今後のことを含め色々と考えなければいけないことはあるが、ジグがいるならば身の安全は保障されたと判断しても良いだろう。

そう思えるくらいには、カティアはジグを信用していた。

現金なもので、それを理解した途端に膝の震えは収まっていた。体は正直だねえ、などとオヤジ臭いことを考えながら身を起こすとジグの持っている腕が目に入る。

先ほどまで自分を追い詰めて脅威を感じさせていたその腕。今となっては哀愁すら漂わせ……いや、やはりグロテスクなだけだった。

「なあ、その腕いつまで持ってるんだ？」

「……もぎたてだぞ？」

「いや意味分からねえよ怖えよ。元あったとこに返してこい」

げんなりした顔でカティアが言うので、ジグは倒れているジャイコフを見た。

彼は意識を失ったままだが、苦しげな表情で何もない右肩回りを左手でまさぐっている。

ジグはそっとその手に右腕を握らせてやった。

ジャイコフの左手は失った右手をまるで恋人のように指を絡ませて掴むと、決して離さないように強く力を込めた。すると苦し気な彼の表情が安らいだように緩む。

ジグはその光景を見て満足げに一つ頷いた。

カティアと応急手当をするマフィアたちはドン引きしていた。

「あー……それよりも、思っていたより早いな。どうやってあの三人を撒いたんだ？」

「目的地の方向はバレていたし逃げるのは難しかったからな。撤退を選ばせる程度の損害を与えた」

そう言って銀棍を見せるジグ。

よく見れば彼自身も傷だらけで激戦だったのだろうことを思わせる。

腹部の出血は応急処置だけしているのか、ズボンのあたりまで濡らしている。また出血こそないものの、今日買ったばかりの防具を着けておらず服も派手に破れていた。

「アタシよりかよっぽど重傷じゃねえかよ。誰か手の空いてる奴を…………ん？　いや待て」

手の空いてそうな部下を呼んで怪我の治療をさせようとした途中、聞き逃せない言葉に待ったを掛ける。

聞き間違いではない。ジグは撒いたではなく、損害を与えたと言った。

「まさか、勝ったのか？　あの三人相手に？」

「増援に尻尾まいて逃げてきたのを勝利と言っていいのなら、な。……せっかく買ってもらった胸当てなんだがな、もう壊してしまった」

少しばつが悪そうに視線を逸らすジグ。

「……ふふ、……はっはっは！　そうかよ！」

戦果を誇るよりも、心配するのが経費や装備の事なのがカティアのツボに入ったようだ。

ひとしきり笑った後に気合を入れて立ち上がると周囲を見渡す。

抗争は終わりを迎えていた。アグリェーシャの構成員はほぼすべてが捕えられるか殺されるかしている。

カティアを見つけたアルバーノが歩いてくる。

「お嬢、ご無事で何よりです」

「御苦労だったなアルバ。状況は？」

「死者四、重傷者十です」

「そうか……」

死人が出たことを聞いたカティアが目を細めた。マフィアをやっている以上死人が出たくらいで大騒ぎはしない。だが身内を守れなかったのは自分たちの力不足によるものだ。

カティアは言葉にせずにそれを死者たちに詫びた。

数秒黙祷した後に顔を上げると指示を出す。

「アルバ、アグリェーシャの幹部を生け捕りにした。死なないように治療してヴァンノに引き渡してやれ」

「了解です。……エリオのことは」

「誰だそいつは？　うちに裏切者は……いや、あいつはそもそもアグリェーシャ側の人間だった……それだけの話だ」

「……は」

アルバーノは部下を呼びつけ指示を出す。

彼らに運ばれていくジャイコフ。

楽には死ねない、どころの話ではない目にこれから遭うであろう彼をジグが見送る。

しかしそれもまた奴の選んだ生き方だ。

自分も選択を誤れば、奴とそう変わらない最期が待っているだろう。

後は消化試合の様なものだ。街を侵そうとした敵対組織は退けた。

これからまたアグリェーシャが手を出すかどうかは分からないが、手口が分かった以上その時は対策も十分に立てていることだろう。

今回はマフィア側の不始末のせいもありギルドを頼れなかったが、次は冒険者たちを矢面に立たせることができる。

確かにあのドラッグは危険で、アグリェーシャにも強者がいることは分かった。

しかし高位の冒険者ならば対抗できる。

直接的な暴力をギルドが防ぎ、薬の蔓延にはマフィアが目を光らせればこの街をとり込むのは困難だろう。

（なるほどな。これがこの街の防衛機構か）

マフィアは必要悪。そんなことをのたまうつもりはない。

彼らは間違いなく悪党で、一般市民からすれば害そのものだ。

しかし彼らがいないと横に繋がりのない小悪党が無数に湧いて出る。

種類も数も豊富な小悪党たちは無秩序かつ無軌道で、対処するのにとても手間と時間がかかる。

そうなるくらいならば対処のノウハウがあり、繋がりも面子もあるマフィアの方がまだマシということだ。今回のような外敵駆除の一助にもなる。

ジグは指示を出しているカティアの後ろに立ち、万が一に備えて周囲を警戒している。

すると同じように指示を出していたヴァンノが近づいてきた。

「いやぁ何とか片付きましたな、お嬢」

「お前がカンタレラのタヌキ爺を説得してくれたからな。後処理は奴らに任せていいんだろう？」

「それぐらいは任せてやらねえと、あちらさんの顔が立たねえってもんです」

そう言ってくっくと笑うヴァンノ。

美味しいところは頂きつつ、面倒な後処理を相手の面子と称して押し付けるその手腕は頼もしくも恐ろしい。

「そっちもご苦労様、ジィンスゥ・ヤの達人さん。見てたよ。大した腕前だな」

「どうも」

ヴァンノの労いに軽く応えた白髪女剣士イサナ。

その視線がジグを追っていることにカティアが気づいた。

傭兵とジィンスゥ・ヤに何の繋がりがあるのか不思議に思い肩越しに尋ねる。

「知り合いか？」

「……冒険者の間では有名人だからな、彼女は。俺の依頼人が世話になったこともある」

「ああ、そういえば普段は冒険者の護衛をしているんだったたっけか？」

あまり深く突っ込まれると困るのだが、知らないふりをしようにもイサナの態度的に難しい。

当たり障りのないことを言っておく。

二人のやり取りを見ていたイサナが呆れたようにため息をつく。

「今度はマフィアの依頼？　あなた本当に節操ないわね……」

（おい）

しかしあまりこの手のやり取りに慣れていないイサナが迂闊なことを言ってしまった。

カティアはまだいいが、油断ならぬ人物がここには一人いるというのに。

「ほう！　普段からそんなにいろんなところから仕事が来ているんですなぁ……さっきのも見ていましたが、随分と腕が立つようで？」

ヴァンノが嬉々として食いついて来た。

イサナが自身の失言に気づいたように顔を引きつらせるが、もう遅い。

彼はいつものように粘ついた笑みを浮かべながら、ジグを舐め回すように観察する。

「しかしイサナ嬢にまで節操無しと言われるとは、一体どんなところから受けているんでしょうなぁ……」

「あんたは？」

ジグは努めて普段通りの声音で聞き返す。

腹芸はあまり得意ではない。

ヴァンノのように化かし合いに長けた人間に通用するとは思えないが、それでも一応しらを切る。

「こりゃあ失敬。ワシはヴァンノ言うモンですわ。今回のドラッグ騒ぎに当たってバザルタの指揮をとらせてもらっとります」

そう言って慇懃に頭を下げてみせる。

一見腰が低いようでいて、その実こちらのあらゆる動作から情報を得ようとしているのが分かる。非常に厄介なタイプだ。

　顔を上げたヴァンノが「それで」と続ける。

「イサナ嬢とも面識あるうえに随分手広くやっているようですが……もしかして、ジィンスゥ・ヤの依頼も受けていたりとか？」

　ヴァンノの纏う空気が変わる。

　探るような気配がより強く、口調こそ穏やかだがまるで詰問されているかのような錯覚に陥る。

　下手な話術などなくとも、それだけで並の人間ならばボロを出してしまうだろう。

「……さてな。仮に受けていたとしても、依頼人のことは言い触らさない主義でね」

　しかしジグは並の人間ではない。

　口でのやり取りこそ得意ではないかもしれないが、いくら圧力を掛けられようとその表情が崩れることはなかった。

「あー、いやこれは失礼した。確かに、ウチとしても今回のことを表沙汰にされるのは不味いですからな。口の堅い人は大歓迎」

　流石、慣れてらっしゃる。

　そう含みを持たせて意味ありげにこちらを見る。

「……まあな。この手の仕事は大抵そうだ」

何とか誤魔化せたか。

そう思いジグが内心でホッと息をついた。その一瞬の気の緩みをヴァンノは見逃さなかった。

「しかし、驚かれないんですなぁ……ウチとジィンスゥ・ヤが仲良くしていることに」

「っ……」

(やられた)

この街の人間にとってジィンスゥ・ヤとマフィアの折り合いの悪さは有名だ。過去に大規模な抗争を起こしたこともある。その両者が手を組んでいるような光景を見て何の違和感も抱かないというのはおかしい。

声にも、表情にも出さなかった。しかしほんの一瞬だけ返答が遅れた。

ヴァンノのような男にはそれだけで十分だったのだろう。

「なぁるほど、ね……色々と繋がってきましたなぁ?」

「……チッ」

ニタニタと笑うその顔が粘度を増す。

舌打ちをするジグの視界の端で、イサナが申し訳なさそうにこちらを見ているのが分かった。

これまでジグはボロをほとんど出していない。

ヴァンノもジグのことを不審に思いつつもそこまで思い至ってはいなかったが、イサナと知り合いだというのが点と点を結んでしまった結果というわけだ。

（やはり本職には敵わないな）

内心で言い訳のように呟きながらため息をついた。ヴァンノの鋭さは想定以上だった。

日頃から騙し騙されの世界で生きている男を舐めていたようだ。

こういう手合いは証拠が無くとも類推し、読み当ててくるのを分かってはいたのだが。

「聞くところによると、兄さんはどんな依頼でも受けるらしいですな？」

「……国や憲兵に追われないような仕事なら、な」

ため息をついて肩を竦める。

相手が気づいているのに無表情を貫くのも馬鹿らしい。

傭兵として数多く殺してきたジグだが、犯罪行為として処罰されるようなことをしたことは意外にも少ない。無論バレなければ多少ダーティな手段を選ぶこともあるが、行動の基本方針が悪党に分類されるようなことはなかった。

これは彼の善性や倫理観によるものではなく団の方針がそうであったことと、元軍人である師の教育が良かったためだ。

「ほうほう。つまり、場合によっては俺たちマフィアとやり合うことも辞さない……そういう事ですかい？」

薄ら笑いを浮かべながらの挑発。それはマフィアたち本人を前にしてどういう反応をするかを確かめる意図がある。ここで日和るか黙るかでこちらの対応も変わってくる。

試す意図での意地の悪い質問。

「そうだ」

即答だった。

周囲がマフィアだらけのこの状況で迷うことなくそう言い放った。カティアが呆然と口を開け、イサナが呆れたように額に手を当てる。

周囲の反応を余所にヴァンノはフンと鼻を鳴らす。

肯定は予想の範囲内だった。これだけ腕のいい戦士がフリーという方が珍しいのでそれは驚きに値しない。問題はどこの勢力下にあるのか。ヴァンノの調査ではそこまでは調べきれなかった。

『ほぉ、そりゃすげえや。俺ら相手にそこまで言い切れるなんて、兄さんのバックには誰がついているんだい？』

心当たりのある勢力にいくつかアタリをつけながら胸ポケットを漁り葉巻を咥える。

（カンタレラか、ギルドか、あるいはもっと厄介な教会か）

愛用のシガーカッターを取り出すと先が潰れないように一息で――

「いない」

ずるり。言葉にするとそんな音をたてて葉巻の先端がひしゃげる。

斜めに滑った刃が中途半端に葉巻を切り、ラッパーも緩んでしまっている。こうなってはもうどうしようもない。安くはない葉巻を一本駄目にしてしまった。

しかしそんなことはどうでもいい。

今この男は何といった？

「……聞き間違いかもしれねえが、確認するぜ。今、いないって言わなかったか？」

「そう言った」

「……そうかい。ワシの耳が駄目になっちまったかと思ったんだが、安心したよ」

コイツ馬鹿か？

そう言い放ちたいのを気合で抑え込むヴァンノ。

この状況下で黙っているメリットはほぼない。具体的に明かさなくとも仄めかせるだけでいいのだ。

チラリと後ろを見て視線で尋ねたが、白雷姫も首を振っている。

……ジィンスゥ・ヤ、あるいはそれに類する勢力でもないらしい。

駄目になった葉巻を捨てながら頭を掻く。もし本当にどこにも属していないのなら自殺したがっているようにしか見えない。

本物の馬鹿を相手にするのは骨が折れる。

ヴァンノは一気に肩が重くなったのを感じつつ嘆息する。

「……ハハハ、大した兄さんだ。いやほんと、この状況でそこまで言える奴はそうはいねえよ」

ヴァンノが乾いた笑い声をあげる。しかしその目は笑っていない。

周囲のマフィアたちは割って入りこそしないが、後始末をしながらも聞き耳を立て注意をこちらへ向けていた。

「なるほど、確かにウチの奴らじゃ兄さん相手にするのはちぃと荷が勝ちすぎてる。けどなぁ、兄さん。世の中は広い。上には上がごまんといる。ウチとやり合うってことは、ジィンスゥ・ヤの達人も出張ってくるんだぜ？　その辺ちゃんと理解して言ってるかい？」

そう言って背後、イサナを顎でしゃくる。

ジィンスゥ・ヤでも指折りの達人、白雷姫の二つ名で呼ばれるイサナはそれに応える。

「あ、私パスで」

「……はい？」

手持ち無沙汰に柄を撫でていた手を挙げてそう言った。

あまりにも軽く、あまりにも理解不能。

ヴァンノの許容限界を超えた一言は彼の動作を一時止めた。

しかしそこはマフィアの幹部。すぐに気を取り直すとこめかみに手を当てて頭痛を堪えるようにイサナの方へ向き直る。口の端がヒクついているあたり完全に立ち直れてはいないようだが。

「なぁ、イサナ嬢。俺たちは同盟関係だ。ウチがそっちの足元を固めてやる代わりに、そっち

が武力を貸す……今回みてえにな」

「ええ、そうね」

「それが知り合いだからって程度で戦うのを拒否されちゃあよ、同盟にならねえんだよ。こいつと戦うのを断るってのは、そういうことでいいんだな？」

彼らにも面子がある。約定を一方的に破棄されて黙っていられるほどバザルタの面子は軽くない。

「それは勿論、出来る範囲で協力するわ。あまりにも筋の通らない要請でなければ、ね」

「この男と戦うのが、それに当たると？」

恫喝一歩手前の鋭い視線。

それを受けても涼しい顔を崩さずに首を振るイサナ。

「そういう訳じゃない。……死ねと言われて素直に従うほどの同盟関係ではない。それだけ」

ヴァンノはその言葉に目を剥いた。

ジィンスゥ・ヤの達人が……数で、組織力で圧倒的に上回るはずの自分たちをしても不可侵を選ばざるを得なかった要因である武人が、ジグと戦えと言われるのは死ねと言われるのと同義だと口にしたのだ。

「……そいつは何かの冗談かい？」

「冗談でこんなこと言えるほど、自分の剣に自負がないわけじゃないんだけど？」

（だろうよ）

彼らの頑固さはヴァンノが一番よく知っている。嘘をついている可能性は低い。

……にわかには信じがたいが、どうやらこの大男はイサナをしても正面から当たるのを避ける程の使い手のようだ。

「話はそれだけか？」

「……ああ。うちから依頼をすることがあったら、よろしく頼むぜ」

「依頼なら歓迎だ」

脅しの通じない相手に自分が出来ることは今この場にはない。

苦々しい気持ちを押し殺す。

話が済んだのを見計らってカティアがジグに軽く頭を下げた。

どうやら仕事は終了のようだ。五日という話だったが、脅威がなくなった以上必要もないのだろう。

「色々世話になったな。面倒ごとも片付いたし、護衛はここまででいいよ。もちろん金は全額きっちり払う」

「こちらも金払いのいい依頼人でやり易かったぞ」

これからの後処理は大変だろうが、護衛がいるような事態ではなくなったということだろう。

当初の予想であるマフィアの護衛としては、大分派手な立ち回りを演じることになったが。

「さっきの冒険者たちの事も含めて報酬は色を付けておくから安心してくれ。後日壊れた装備の分も追加して持っていかせる」

「助かる……本当に」

事前の契約に装備の補填も入れておいて本当に良かった。

折角働いても武器を買いなおすだけで使い切ってしまって骨折り損もいいところだ。

カティアはあれだけの力を持つ男が装備の金額でホッと安堵しているのを見て思わず笑ってしまう。

「じゃあ、またな。叶うなら、ジグとは敵対しないことを祈っておくよ」

ジグはそれに応えず口の端だけで笑うと踵を返す。

負傷のことなどまるで感じさせない力強い歩みでマフィアたちの真っ只中を突っ切ると路地へと消えていった。

行かせてもいいのかと視線で問う部下たちをヴァンノが手で止める。

「やめとけ。今はそれよりもやることがあるだろうよ。……アグリェーシャ幹部の意識が戻り次第締め上げろ。どんな手を使ってもいい、全てを吐かせろ。ウチのシマに手を出した糞野郎どもに骸を送り付けてやれ。……着払いでな」

†

時刻は夕暮れ時を過ぎた頃、繁華街の外側にある小さな診療所。

規模は小さいが名医がいると密かに評判な場所へエルシアたちは仲間を運び込んでいた。本来ならばとっくに閉まっている時間だが、ドレアと名乗った医者は嫌な顔一つせずに診てくれた。

「先生、仲間の状態は？」

待合所で落ち着かない様子でうろついていたエルシアは、手術室から出てきたドレアに詰め寄る。

彼は人の好さそうな顔で鷹揚に頷くと、人を安心させるような笑みを浮かべる。

こういった細やかな気遣いも人気の一因なのだろう。

「うん、大丈夫。二人とも命に別状はないよ。でっかい患者さんは出血が酷かったけど、傷がとっても素直だったから治療も難しくなかった。あれなら後遺症も残らずに綺麗に治ると思う」

「良かった……」

大事ないと聞いてようやくエルシアは胸を撫で下ろす。余程心配していたのか、腰が抜けたように座り込んでしまった。

ドレアはカルテを見ながらふくよかな腹を唸らせる。

「この傷、人にやられたものだよね？　憲兵とか呼んだ方がいい？」

「いえ、少々事情がありまして。仕事に関することなので……」

「そっか。それなら無理には聞かないよ」

ドレアの配慮に無言で頭を下げる。

話が済むのを待っていたのか、待合室の端にいたアランたちが声を掛けてくる。

「エルシアさん、少しいいですか？」

「アラン君、何？」

タイロンたちをここに運んだアランも容体が分かるまで付き添っていた。

そして手術をしている間にアランはリスティからある報告を受け、それを確かめるために待っていたようだ。

「仲間の一人が見たようなんですが、エルシアさんが戦っていたのは……もしかして以前に捜すのをお願いした人物と同じですか？」

「そうよ。確かジグとか言ったかしら？」

そう言えば以前、アランたちに謎の人物に助けられたから捜して欲しいと頼まれたのを思い出した。

あの時は結局それどころではなくなってしまったが。

予想通りの答えが返って来たアランは眉間にしわを寄せる。

かつての恩人がマフィアといたというのは彼にとって受け入れがたい事なのだろう。

「やはりか……彼はなぜマフィアと一緒に？」

「分からないわ。私たちが調査した結果、あの大男がドラッグを使用している可能性が高いと見て接触をしたのだけれど……」

「ジグはそんな奴じゃありませんよ」

話の途中でアランがエルシアの言葉を遮った。礼儀正しい彼にしては珍しい反応に眼帯の奥でエルシアが目を瞬かせる。

（いやそう言われても……アレとは違う薬らしきものはバッチリ使っていたのだけれど……）

確かに今問題になっているドラッグとは随分違うようだったが。

注射器も使っていなかったし、そもそもドラッグなどを使わずとも最初からあの男の力はとんでもなかった。

エルシアは少し考えると言葉を選んで伝える。

「……確かに調べていたドラッグは使っていなかったわね。そういえば、あのマフィアの娘を守っているようにも見えたわ」

「なるほど護衛依頼ですか。確かにジグならマフィアの護衛くらい気にせず受けそうだな……」

一人納得しているアラン。

マフィアの護衛依頼を躊躇なく受けるような人間にも問題はあると思う。もう少し付き合う人間は選んだほうがいいんじゃないだろうか。

そうしていたアランは突然顔を上げると真面目な顔をする。

「エルシアさんは今回のことをどうギルドに伝えるつもりですか？」

「言葉は正確に使いなさい。あの男のことをどうギルドに伝えるか、それが気になるんでしょう？」

「……」

無言の肯定。

こちらの伝え方次第では、ジグをギルドの要注意人物にすることも可能だ。

いや、本来ならそうするべきだ。仕事とはいえ冒険者にも真っ向から敵対する男を黙って放置する訳にもいかない。

現に私の仲間はそれで深手を負わされたのだ。

エルシアの眼帯に隠された目からアランが視線を逸らし、考え込むように黙る。

突如、その思考の一端がエルシアに映し出された。

龍眼の暴走は慣れたものだ。だからアランがこの後に何を言い出すのかもある程度予想がついている。

「いくつか聞いてもいいですか？」

「なにかしら？」

思考を止めて彼の言葉に耳を傾ける。

「ジグは自分から手を出してきましたか？」

「……いいえ、こっちが先よ」

なるほど、そういう方向で来たか。アランは真っすぐな人間だが、決して世間知らずではない。交渉事を上手く進めるために多少の裏を突いたりもするし、そういうところをエルシアも評価している。

「向こうから挑発してきたりは？」

「なかったわね」

「最後に失礼なことを聞きますが……あなたが生きているのは実力ですか？」

「…………いいえ」

ため息と一緒に吐き出す答えは様々な感情がない交ぜになったもので、彼女自身ですら正確には把握していない。

だがアランの言っていることは正しい。

調査という名目で強引な問答をしたのはこちら。相手の弁解を聞き入れずに先に手を出したのもこちら。そして、負けたのもこちらだ。

積極的に殺すつもりはなかったが、死んでも構わないつもりで戦っていた。

なのに、生きている。

あの男はいつでも殺せたはずだ。

龍眼の話を時間稼ぎと知っていながらそれに乗ったこと。

最後の交戦でこちらの武器を奪った後も、殺すどころか眼帯を捜すのを手伝ってくれた。


〝傷がとっても素直だったから治療も難しくなかった〟


加えて先程のドレアの診療結果。

やはりタイロンを刺したあの時は加減していた。それがこちらの動きを制限するためだったとはいえだ。

一体いくつ手心を加えられた？

防具は防御術式すら刻まれていない安物。武器も頑丈なだけで何の特殊効果も持っていない。

……なんだか考えているとお腹が立ってきた。

（あの男、ちょっと舐めすぎじゃないかしら？）

「……彼が言うにはもうすぐドラッグに関する事件が片付くって話よ。あの男がギルドの敵かどうか判断するのは、その調査が終わってからでも遅くはないかもね」

気が付いたら、そう口走っていた。

仲間を傷つけられたことへの怒りは勿論ある。だがその感情だけで全てを決めつけるには、あの男の動きは不可解が過ぎる。

真面目なアランがここまで言うのも気になる。ここは彼に免じて様子を見させてもらうのも悪くない。

「ありがとうございます」

彼は頭を下げて礼を言った。

「……なんか立ち聞きしちゃって申し訳ないんだけど、ジグ君ってもしかしてあの珍しい武器を持った人の事かな？」

離れるタイミングを失い、流れで聞いてしまったドレアがきまり悪そうにポリポリと頭を掻きながら言った言葉に二人が振り返った。

「え、ドレア先生もジグのことを知っているんですか？」

「患者として、だけどね。ワダツミの冒険者を庇って大怪我して運び込まれてきたんだ。その時も仕事がどうって言ってたから、本当に熱心だなぁって」

「あいつ色んなところに関わってるんだな……」

「……何なのあいつ？」

呆れ半分にアランが零すのを聞きながら、エルシアは余計に掴みづらくなったジグの人物像に頭を悩ませるのだった。

†

ジグが良く使ういつもの鍛冶屋、エルネスタ工房。

夕方の人が多く混む時間帯は店員や職人も忙しそうにしている。仕事帰りにメンテナンスや修理に出していた装備を取りに来る冒険者たちが頻繁に出入りしており、店員たちもその対応に追われていた。

「……」

普段ならば避ける時間帯をあえて選んだジグは、その混雑に紛れるようにして動く。足音を最小限に、なるべく気配を薄くしてするりと流れるように店内へ。

巨体に反してその動きは滑らかで素早い。

重心を巧みに動かし人ごみの隙間を縫うようにして奥へ行くと、丁度手の空いた店員へ声を掛ける。

馴染のシェスカではなく初めて話す店員だ……というより、わざとジグが選んだ。

「今いいか?」

「いらっしゃいませお客様。本日はどのようなご用件でしょうか?」

店員はジグの体格にわずかに驚くが、すぐに営業スマイルを浮かべて対応する。

「防具を見繕ってもらいたいんだが」

「はい。……あの、もしかしてジグ様でしょうか？」

「……以前会ったか？」

突然名前を呼ばれたので記憶を漁るが彼女の顔は出てこない。

彼女は口元に手を当てクスクスと笑う。

「いえ、シェスカから聞いておりまして。そうですか、あなたがあの……」

あの、とはどういう意味だろうか。

どうやら噂になっているらしいが詳細を聞くのはやめておくことにしよう。

「シェスカを呼んできましょうか？」

「……いや、それには及ばない。忙しそうだからな、手を煩わせるのも悪い」

「――――もしかして、装備を壊されたとか？」

店員の指摘にジグの動きが一瞬止まる。当てずっぽうで言ってみただけだった店員がその反応にあらまあと笑った。

やれやれと肩を竦めたジグが観念して降参のジェスチャーをする。

「本当に聞いていた通りのお方のようですね。ちなみに、いつ購入したものか聞いても？」

「……昨日だ。壊して昨日買って、その日のうちにまた壊した。流石に気まずい」

「それはまた……」

あまりの破壊ペースにちょっと引く店員。シェスカが〝色々な意味でいいお客様〟と言っていたが実によくわかる。

彼女はこのお客のことを気に入っていたようだが、今回は自分が対応してみるのも面白そうだ。そう考えた店員……マイアが奥で忙しそうにしているシェスカに内心で謝っておく。

そんな彼女の内心を知らず、気を取り直したジグが用件を切り出す。

「……防具はまあいいとしてだ。武器も壊れたから頼みたいんだが、双刃剣……両剣はあるか？」

「在庫を確認しますので少々お待ちください」

(両剣ですか……また珍しい武器を)

在庫一覧表を確認してみるがそれらしい武器は見当たらない。

記憶に引っかかっていたので先月の在庫表を確認すると、二つだけあった在庫は両方とも売れてしまっていた。

では製造予定はどうだと見てみるが、生産はもちろん他店からの取り寄せリスト含め一つも見当たらなかった。

「申し訳ありません。確認したところ両剣は在庫、生産・納入予定どちらもございません」

「そうか……困ったな」

「もしよろしければ、当店の職人と交渉してみますか？　オーダーメイドなので多少お値段は上がりますが、優先的に作ってもらうことも可能です。追加料金でお急ぎ製作プランもございますよ」

そう言って従業員リストと在庫表を取り出すと両剣の作製者を探す。

「当店にも確か両剣の作製経験者がいたはずです。えーっと……」

「ガントのことか？」

「ガントガント……ああ、そうですそうです。お知り合いでしたか」

従業員一覧のガントを探して呼ぶ。

腕はいいのだが、需要があるのか疑わしい武具をしょっちゅう造ることで良くも悪くも有名な男だ。

武具だけでなく魔具や魔装具も製作できる貴重な人材だが、それ以上に問題児でもある。

腕を見込んで交渉されることも多いのだが、独自の美学と独特な人柄もあり店の売上には貢献していない。

ここ最近は買い手も付いて多少マシになったが、少し前までは契約を見直そうという話も出ていたくらいだ。

「癖のある人物ですが腕は確かです。交渉してみますか？」

「奴以外にはいないのか？」

「残念ながら」

両剣とはそれだけ使い手も作り手も少ない武器なのだ。

首を振る店員にため息を吐くジグ。

「だっはははは!!　ジグ君また壊したの!?　いやほんといいカモだよねえ君!　僕よりずっとお店に貢献しているよ!」

「……」

予想通りのリアクションに苦虫を噛み潰したような顔をするジグ。

シェスカとは別の意味で知られたくなかった男は、腹を抱えて笑い転げている。

接客が本業ではない職人とはいえ、あまりな態度に店員は青筋を浮かべて睨みつけているが、ガントはそれに気づかずジグが持ってきた防具の残骸を調べる。

「すごい、粉々だ。よくこれで君は元気に歩き回れているね!　もう防具着けるより体鍛えた方が早いんじゃない?」

「……」

無言でイライラを募らせるジグ。

ギルドの冒険者やマフィアにいくら侮られ馬鹿にされようと全く気にならなかったが、この男の言葉はどうしてこうも癪に障るのだろうか。

腕のいい職人でなければ一発殴り飛ばしてやりたい。

ジグの我慢が限界になるより先に店員が無言で動いた。

「武器もどうせ壊れるなら、もういっそ丸太とか鋼材とかでいいんじゃない？　そっちのほうがよっぽど」

言葉を遮るように響いた轟音。

近くに転がっていた鋳潰《いつぶ》す予定の一抱えほどもある端材が、宙を舞ってガントの横を通り過ぎる。

それを蹴り飛ばした店員がガントに向かって微笑んだ。

「ガントさーん、仕事」

「……あ、はい」

笑いを引っ込めたガントがジグの方を向いた。

やっと商談に移れそうだ。

店員に目線で感謝しつつガントに武器のことを頼む。

「以前のものが壊れたので両剣を作って欲しいんだが」

「いいけどさ。前よりいい物を作ろうと思ったらかなりかかるけど、予算は大丈夫なの？」

髭を扱きながらジグの懐具合を気にするガントにその心配は無用だと胸を張る。

「今回はかなり出せるぞ。仕事の報酬も入ったが、それよりこれを見てくれ」

あの気難しいガントが二つ返事で承諾したことに驚いていたマイアだが、次にジグが出したものの衝撃に思わず声を出してしまった。

巻いてあった布を取り払われ姿を現したのは一本の棍。

白銀に輝くその武器はえも言われぬ魅力を放っており、一目でただならぬ品だというのが分かる。

「ちょっ……ジグ君それどうしたの!?」

「臨時収入」

「いや、僕これ使ってる人知ってるんだけど」

有名な冒険者かつ特殊な武器を使っている人物はそれなりに話題に上がりやすい。銀の爆棍とも呼ばれるこの武器の使い手はガントの耳にも入っていた。

「ああ、そいつに武器も防具も壊されたからな。弁償費用としてぶんどって来た」

「……ねえ、僕これ関わって大丈夫なのかな？」

「心配するな、お前の武器は奴らにも通用したぞ」

「ほんと？　やったね！」

不安そうにしていたが自分の武器が有効だったことを伝えると、掌返しで喜ぶガントと満足げに頷くジグ。一人まともな店員だけがついて行けずにいた。

「こいつを売り払えばそれなりの資金になると思うんだが、どうだ？」

「うーん、かなりの逸品だけど棍もかなり使い手が少ないからなあ。まあそれでも十分いいお金になると思うよ」

「実は質に持っていったんだが、こういったものは証明書がないと正確な値段が付けられないと言われてな。書いてくれないか？」

「それならお安い御用さ。費用は七万、鑑定と証明書発行に少しかかるから後で連絡するよ」

中々いい値段だが仕方あるまい。職人の知識と経験には相応の対価が必要だと納得する。

「そうなるとかなり予算には余裕が出来るね」

「ほう、そんなにするのか」

「需要とか無視してあれに値段をつけるなら、一千万はするよ？」

「……冗談だろう？」

「魔具としての機能に加えて軽量化と頑丈さ、相反する二つを両立させようと思ったらそれくらいはかかるんだよ。現にこんなに軽いのに君の斬撃で折れなかったでしょ？」

ガントの説明に確かにと黙るジグ。

これだけ細くて軽い棒が双刃剣の斬撃に耐えられるだけでも驚きだ。

「そのへんは置いといて、武器の話を詰めようか」

「ああ」

その後しばらくジグとガントは予算を考慮しながら武器の素材や機能について話し合った。

†

妙な客だ。

鍛冶屋の店員、マイアはそう考えながらジグを観察していた。

あのシェスカが珍しく一人の客のことをよく話すから以前から気にはなっていた。

何度も何度も装備を壊すというその男のことを聞いたときは、相当な下手くそかと思ったこともある。

だが今日見たときにその認識は間違いであったと気づいた、というか一目見ればわかる。

魔力による身体強化があるこのご時世に、鍛えに鍛えこまれた肉体。無駄のない足運びやブレない重心。

歴戦の戦士であることはすぐにわかった。その割には装備が貧弱でどうにも噛み合っていないが。

冒険者ではないだろう。

騎士など論外。マフィアというのも少し違うような気がする。

見るからに荒事を得意とする見た目だが、暴力的な雰囲気を醸し出しているわけでもない。

口調こそ平坦だが、職人であるガントやただの店員である自分にも敬意を払っているのを感じる。

今までに見たことのないタイプの人間だ。

非常に癖の強いガントとそれなりに上手くやっているのも驚きだった。彼がオーダーメイド交渉をされて二つ返事で受けているところなど見たことがない。

おそらくここ最近ガントの作品を買っている奇特な人物とは彼のことだろう。態度も金払いも悪くなさそうだし、何より店の売れない在庫製造係となっていたガントを売上に貢献させてくれる貴重な人物……大事にせねば。

そう結論づけたマイアは話がまとまったらしい二人に声をかけるのであった。

†

装備の相談を終えたジグは一人酒場にいた。

宿に顔は出したがシアーシャは未だに戻っておらず、ならばと書き置きをして晩酌をすることにした。仕事の付き合いで夕食をリンディアたちと摂っている可能性もある。

質屋に持って行ったエルシアの銀棍は中々の金額になった。痛い思いをした甲斐もあるというもの。

仕事を終えた後の酒は格別だ。

ジグは一人黙々と杯を傾け、しかし酔い過ぎない程度に酒を楽しんでいた。

喧騒を背に受けながら酒場の端で一人酒を呷る、そういう飲み方がジグは好きだった。

別に孤独を気取っているわけではない。馬鹿騒ぎするのが性に合わず、しかし他人が騒いでいる場にいるのが嫌いではないだけだ。

傭兵団の先輩に宴会芸として仕込まれた投擲術を披露してやれば場も程よく温まり、飯も奢ってもらえる。酒が飲めぬ頃からのジグの楽しみ方だ。

「今頃、皆はどうしているだろうか」

抜けておきながら何を今更と、ジグ自身幾度も思ったことを口にする。それでも自分がこの道を選んだ時から過ごしてきた場所であり、今の自分を形作る全てはそこで得られたものだ。

†

とある街の外れ。

そこにはいくつもの天幕が身を寄せ合うようにして密集していた。

陣を敷くようにして張られた天幕からは、堅気とはかけ離れた雰囲気を持つ者が数多く出入りしている。

彼らの風体と街の外れに追いやられるようにされているのは無関係ではないだろう。

それほどまでにその者たちはまともではなく、一人の例外もなく血生臭い雰囲気を漂わせていた。

その陣のさらに端、小さな天幕が並ぶ場所。位置的にも見た目的にも下っ端の寝床という天幕の外にその少年はいた。

歳の頃は十二、三といったところか。

灰色の髪を短く刈り込んだ頭。まだ成長途中だが、同年代と比べても大きい体。

何より特徴的なのはその眼だろう。

歳相応の幼さや輝きは欠片もなく、ただただ無機質なその瞳。

つまらなそうでも、やる気に満ちているわけでもない、ただ必要だからそれをしている。

そんな眼つきをした少年が黙々と剣を振り続けていた。

大人が使うような長剣を振り上げ、振り下ろす。

長剣は少年が振るうには大きく不似合いだが、その動作に淀みはない。

一体どれほど振っていたのか、足元の地面は踏み込みの形に窪んでいる。手のマメはとっくに潰れて既に血は止まっており、剣を振るたびに乾いた血がぽろぽろと剥げ落ちていた。

体中を滝のような汗が伝い、ズボンは絞らずとも水滴が滴っている。

それだけ過酷な訓練でも、放っておけばいつまでもそうしていそうな彼へ軽い調子の声が掛けられた。

「おぉい、ジグ！　いつまでやってんだよ。そろそろ飯の時間だぞ」

金髪にどこか気障な雰囲気を纏った二十代中盤らしき男が桶を抱えてやって来た。

「……ライエルか」

ジグと呼ばれた少年は視線だけをちらりと向けて、しかし剣は止めずに男の名を呼んだ。

ライエルと呼ばれた金髪の男は、その様子に苦笑しながら肩を竦めて歩いてくる。

「相変わらず訓練熱心だねお前は。ほれ、早くしないと飯が無くなっちまうぞ。ただでさえ馬鹿みたいに食うんだから、片付けくらい手伝わねえと糧食班にぶっ殺されるぞ」

「それは不味い、なっ」

少年は最後のおまけとばかりに気合を入れた一閃で締める。

幾度も振るっているのにぴたりと止めた剣。生じた音と剣風は彼が少年であることを忘れさせるほどに力強く、ライエルが思わず口笛を吹くほどであった。

「ったく、ほんと伸びるぜ。お前はよ」

感心と、わずかに羨望の交じった声を掛けながら水を汲んだ桶を差し出す。

「ほれ、汗拭いてとっとと行くぞ」

そう声を掛けるも、剣を下ろしたジグは手を見つめたまま黙っている。

「手が動かない……」

「握りすぎだよ……手見せてみろ。って、おい！　血だらけじゃねえか！　痛くなかったのかよ……」

「素振りしているうちに気にならなくなった」

「せめて血ぐらい拭えよ……あーあー、張りついちまってるじゃねえか」

ライエルは手拭いを水につけて絞ってからジグの血を拭き、一本ずつ指を引き剝がしていく。

パリパリと音を立てるそれは見ているだけでも痛そうだ。

血を落として動くようになってきた指をわきわきとさせながらジグが眉をひそめる。

「……痛くなってきた」

「当たり前だ馬鹿。あとで薬貰ってきてやるから、とりあえず手洗って汗を流せ……おい桶の水を飲むな！　飲み水はこっち！」

「む？」

ジグは不思議そうに見た後、桶の水を飲み干してから差し出された水筒を受け取ると、頭から水を被る。

その様子をライエルは何度目か分からない苦笑を浮かべて見ていた。

彼らの所属している傭兵団では新兵が見習いの面倒を見る習慣がある。

村を災害で失ったライエルが傭兵団の門戸を叩き、訓練を経てようやく実戦に出してもらえる様になった頃にあてがわれたのが、この眼つきの悪い少年だった。

初めはこんな不愛想なガキとうまくやって行けるのかと心配だったが、彼と過ごしていくうちにそれは杞憂だったと分かった。

　確かに愛想は絶望的に悪いし子供らしいところは皆無。おまけに年上の自分を呼び捨てだ。だが文句も言わずに雑用をこなし、ひたすらに訓練に打ち込む姿はライエルだけでなく傭兵団の年配連中からもウケが良かった。

　存外に抜けているところは彼の数少ない愛嬌と言ってもいい。

　あの年頃特有の年長者を侮った所がなく、以前に〝なぜそんなに歳上を敬える？〟と聞いたことがある。

　その時返ってきた答えは、一回り歳上のライエルをして納得せざるを得ないものだった。

「こんな糞みたいな世の中で、あんなに歳を重ねるまで生きてこられた連中だぞ。尊敬の一つくらいする」

　そういう考え方もあるのかと思わず膝を叩いてしまったものだ。

　一体どういう環境で育ったのかと思えば、ただの戦災孤児というどこにでもある生い立ちであったのだから逆に驚きだ。

　ともあれ、軽薄だが面倒見のいいライエルと、真面目だが抜けたところのあるジグは意外にも相性の良いコンビであった。

　汗を流して服を着たジグとライエルが連れ立って仮設の食事場へ向かう。

　大人数を養うために巨大な寸胴鍋がいくつも並び、その寸胴鍋以上に恰幅の良い女性ががなり声を上げている。

「並べっつってんだろ馬鹿共ォ！　行儀の悪い奴に食わせる飯はないからねぇ!!」

「おばさんは今日も平常運転だな……」

今もまた、横入りしようとした団員がどやしつけられて列の後ろに回っていった。

傭兵にとっての戦場が彼女にとっての食事処。あの女傑の前ではたとえ古株団員だろうと腹を空かせた小僧扱いである。

「いいかジグ、食を預かる人間には逆らっちゃいけねえぞ。干からびた硬いパンで腹を満たす羽目になる」

「分かった」

実感のこもった忠告を素直に聞くジグと共に列に並ぶ。

時間ギリギリというほどでもないが、最後尾にはそれ以降誰かが並ぶ様子もなかった。

幸いあの女傑は手際が良いので列もスムーズに処理されていく。ジグとライエルの番が回って来るまでそう時間は掛からなかった。

「おやジグ坊じゃないか！　またでかくなったかい？」

「分からない。でも食べる量は増えた」

ぶっきらぼうな返答だが、彼女は気を悪くすることもなく豪快に笑った。

「そりゃあ良いことだ！　沢山食べて、沢山動いて、沢山寝れば誰でも強くなれる！」

単純な事さと言ってのける女傑に〝なるほど〟ともっともらしく頷くジグ。

「では大盛で」

「特盛だ!!」

申告は無視され既に盛られていた食事が渡される。逆らうことは許されない。

ドンと重い音を立てて差し出されたトレイには、桶の様に大きな器にこれでもかと盛られたシチュー。巨大な黒パンそのまま一本。大人の握り拳ほどもあるマッシュポテトが盛られていた。

「おまえ、それ食い切れるのか？」

傭兵は激しい肉体労働だ。当然食べる量も一般人に比べると非常に多い。

しかしその傭兵から見てもこの量は躊躇うほど多かった。

「……流石に多いが、食べきれる。腹も減っているし」

長剣などより余程重いであろう食事を受け取ると、席を探そうとして思い出したように振り返る。

「どうした？」

不思議そうにする彼女へ、トレイを持つ手に気をつけながら頭を下げた。

「いつもありがとう」

「……ハッ！　食べ終わったら後で鍋洗うの手伝いなよ!!」

「分かった」

ジグはこくりと縦に首を振ってその場を離れた。

荷物搬送用の木箱を適当に見繕って椅子と机を用意したライエルの所に向かい、共に食事を摂る。

バキリと音を立てて硬い黒パンを噛みちぎり、木の匙でシチューをかき込む。

具は芋や根菜など日持ちが良くて生産性の高いものばかりだが、沢山入っていることが何よりありがたい。安くて硬いが、肉もしっかり入っている。

「ここはほんと、食事がしっかりしてて助かるぜ」

「ほぅなのか？」

木匙どころかパンをちぎってシチューを掬うジグが食べながら問い返す。

「傭兵団なんて仕事中以外の飯は自分でどうにかしろってとこがほとんどだからな。うち位面倒見が良い所は珍しい……その分給料から差っ引かれてんだがな。それでもかなり割が良いから文句はないが」

ライエルが見てきた限り団員の食事まで面倒を見ている傭兵団はほとんどないか、あっても小規模の所だけだ。

「しかも作戦中に配給される食い物も酷いもんだぜ？　硬くてしょっぱいだけの干し肉と、この黒パンがふわふわに感じる程の岩みたいに硬いパンだけって話だ」

を打つ。

「……むぐ、ぐ。それは大変だな」

マッシュポテトを頬張って口中の水分を吸い取られたジグが、苦し気に飲み込んでから相槌

呆れたようにライエルの差し出す水を受け取って流し込む。

「腹が減っては、生きていけないからな」

淡々とそう言って食事を続けるジグ。

口にしてしまえば何とも簡単なことだが、戦災孤児として明日をも知れぬ身でいた彼の口から語られる言葉は何よりも重い。

「今日も腹一杯食えることに感謝しないとな……」

「ごちそうさま」

「早いなおい！」

ジグは満腹になった腹をさすって満足そうに頬を緩める。

「喋りすぎだよライエル。もっと食事に集中した方が良い」

そう言って空になった食器を載せたトレイをもって立ち上がる。

「洗い物の手伝いに行ってくる。終わったら剣の訓練手伝ってくれ」

「まだやるのね……仕方ねえな」

若者……いや子供がやる気になっているのに、いつまでも年長者がだらだらしてはいられな

い。

面倒を見始めた当初よりずっと様になったジグとの訓練は、ライエルにとっても実りがあるものとなっている。

（これは抜かされるのも時間の問題かね……）

まあ、それは構わない。

この少年にいずれ剣で負けるであろうことはかなり前から分かっていたことだ。

ならば先輩である自分にできることは、剣以外が色々と欠けている少年のフォローをしてやることだろう。幸い、この不器用な少年に教えてやれることは多そうだ。

ライエルは寸胴鍋を洗おうと身を乗り出し、足を滑らせて中に頭をぶつけているジグを見ながらパンを噛みちぎった。

†

「……」

昔を思い出していたジグが自嘲気味に杯を置いた。

忘れることなどできはしなかった――かつての仲間をこの手で斬り殺しておきながら。

歩む道を違えた、それだけの理由で自分はライエルを斬った。

彼を斬ったことは後悔していない。できるはずもない。

それをしてしまえば、今まで自分が斬って来た無数の人間の死を否定することになる。

ずっと昔に決めたことだ。あの日、あの男たちに拾われた時から。

他者を殺し、その屍を踏みつけて生きていくと。かつての仲間がその対象になったくらいで変えていい生き方ではない。

「それでも、また共に酒を飲みたかったぞ……ライエル」

仕事が終わった後の酒盛りの時、こうして一人で飲んでいたジグのもとへやって来たのはいつも彼だった。


「――――ここ、空いていますか？」


そんなことを考えていたからというわけでもないだろうが、かつてのことを思いだしていたジグはその姿にかつての仲間の面影を見た。

「……空いている席なら他にもあるぞ」

そんな自分をごまかすようにジグは素っ気なく口にしながら、相手の男を見た。

金髪に白い肌、歳の頃は三十代後半だろうか。顔つきこそ違うが、見間違えたのはライエルと似た特徴を持っているせいだろう。柔らかな物腰で許可も取らずに腰掛ける。

法衣を纏っているので巡礼者か何かだろうか。

それなりに酔っていたジグは、鈍い頭でそんなことを思いながら杯を呷る。

「あなたの隣はここしか空いていなかったものですから」

「……ほう」

相手の言葉に再び視線を戻せば、彼はじっとジグの方を見ていた。

感傷的になって随分緩んでいたらしい。聖職者らしき男の眼を見たジグは内心で自分を罵る。

こんな危険極まりない相手が懐に入るまで気づかなかったとは。

「俺に何の用だ？」

「本日は、警告に参りました」

法衣の男は名乗らぬままに話し始めた。こちらを害そうとする気配はなく、彼の眼にあるのは迷える子羊を導かんとする慈愛だ。

――かつて戦場でよく見た、狂信者の眼とよく似ている。

彼らは心から己の正義を信じ、民を先導し、戦を起こす。大義のために多くを殺し、それに何の疑問も覚えない類の人種だ。

軽蔑するつもりはない。金のために殺す傭兵と大差はないのだ。

だがこういった人物は過去必ずと言っていいほどジグに危害を及ぼしてきた。敵味方問わず、狂信者と関わると碌なことがなかった。

「……何の警告だ？」

しかしジグには心当たりがなかった。彼がなんの神とやらに仕えているのかは知らないが、いち傭兵程度に直接警告をしに来た理由が分からない。

男はやれやれと首を振る。こんな簡単なことすら分からないことに心底失望しているといった様子だ。

「これ以上、不浄の存在に近づくことは許されません。このままではあなたは……彼らのことを知りすぎてしまう」

「意味が分からないな。不浄の存在とはなんだ？」

「言わずと知れた亜人ですよ」

まるで世界の共通認識のように男は口にする。心底から嫌悪しているかの如く、話すことすらはばかられるように。亜人嫌いの宗教家というわけだ。

先日ウルバスたちと話していた際に睨んでいた冒険者たちを思い出す。

「彼らは大罪人です。ですが彼らもそのことを自覚して、その罪を贖おうとしている。その邪魔だけは……しないでくださいね」

男の説法をジグは鼻で笑った。

「悪いが人の罪を問えるほど清廉潔白ではなくてな」

「……そのようだ。あなた自身も、数多くの業を背負っていらっしゃる」

男は説得を諦めたかのように首を振ると、音もなく立ち上がった。

「あなたが知らなくて良いことを知らずに済むことを、心から祈っておりますよ」

「……」

法衣を揺らして去って行く男。その背を見るジグの視線はかつてないほどに険しい。

相手に殺気もなく酔っていたとはいえ、真横に来るまで接近を察知できなかった。明らかにまともな人間ではない。

「……帰るか」

一瞬にして冷えた肝と覚めた酔いに飲みなおす気にもなれずに席を立つ。

支払いを済ませて外に出ると何とはなしに周囲を見渡すが、あの男の姿はどこにもない。

火照った体を冷ますように夜風が通り抜け、人とは違う異物の気配を感じ取り視線を動かす。

「――あ、ジグさん」

彼女も大柄で目立つジグに気づいたようだ。黒髪を揺らして駆け寄ってくる。

何か良いことでもあったのか、少し汗ばんだ様子で楽し気な空気を漂わせていた。

「お仕事はもう終わったんですか？」

「ああ、片付いた。思ったよりも手古摺《てこず》ったがな」

脳裏を過《よぎ》るのは銀髪と異様な眼をした高位冒険者。思い出したように痛む胸を押さえれば、シアーシャがクスクスと笑みをこぼす。

「もう、また怪我したんですね？　駄目じゃないですか、そんな体調でお酒を飲んでは」

「……返す言葉もない。あとで治療を頼んでいいか？」

横に並んだシアーシャが自然な仕草で腕を取り、宿に向かって歩き出す。

それに逆らわず歩調を合わせてゆっくり進んでいると、彼女がこちらを見上げた。

「目を離すとすぐに怪我してきちゃうんですから……仕方ないですね。これも雇い主の仕事です」

微妙に間違っていることをもっともらしく口にしている彼女は何が楽しいのか、鼻歌まで歌いだしている。頼られるのが嬉しいという感情を隠す気もない……と言うか、自身の感情に気づいているのかも怪しい。

「実は今日、私もジグさんを見習って依頼をこなしてたんですよ。怪しい動きをしている商会を調査する仕事だったんですけど、これがまた意外に難しくて……」

弾む笑顔で今日の出来事を楽しそうに語っているシアーシャ。

ふと、法衣の男が言っていたことを思い出す。

亜人を大罪人と語る奴の説法が正しいだとか間違っているだとかには興味がない。何が悪で何が善かが決まりきったうえで論理を組み立てる輩と議論するのは時間の無駄だ。

ただ気になったのだ。

亜人が大罪人なら、魔女であるシアーシャは何なのだろうかと。

見た目は完全に人間そのものだが、詰まっているモノが余りに違いすぎる未知の存在。価値観が違うという話ではない。食性を見るに体の構造もそう大きな違いもない。だというのに、明らかに違う。

亜人が大罪人なら、魔女は一体なんだ？

あの男に聞いたらどんな答えが返ってくるだろうか。

「……そこで私の推察力が唸ったんですよ！　あの悪徳商人を締めれば何か掴めるんじゃないかって」

詮無いことを考えている内にシアーシャの話は佳境になっていた。

随分と直接的な推察力を力説している彼女は、ワインのコルクでも抜くような仕草でキュッと手を捻っている。推察力とは唸りを上げるものだっただろうか？

「そうか。良かったな」

「はい！　実りある一日でした」

満面の笑みでそう言う彼女を見れば、そんな些細な疑問はどうでも良く思えてくる。

仮に彼女が何であろうと、自分のやることが変わることはないのだ。

大きな影と小さな影。

外見も中身も歪《いびつ》な二人の姿を月夜が照らし、異なる大地に長い影法師を作っていた。

ファンレター、作品のご感想をお待ちしています！

【宛先】
〒104-0041
東京都中央区新富1-3-7　ヨドコウビル
株式会社マイクロマガジン社
GCN文庫編集部

超法規的かえる先生 係
叶世べんち先生 係

【アンケートのお願い】

右の二次元コードまたは
URL（https://micromagazine.co.jp/me/）を
ご利用の上、本書に関するアンケートにご協力ください。
■スマートフォンにも対応しています（一部対応していない機種もあります）。
■サイトへのアクセス、登録・メール送信の際の通信費はご負担ください。

GCN文庫

魔《ま》女《じょ》と傭兵《ようへい》 ④

2024年7月28日　初版発行
2024年11月20日　第2刷発行

著者　超法規的《ちょうほうきてき》かえる
イラスト　叶世《かなせ》べんち
デザイン協力　眼魔礼
発行人　子安喜美子
装丁　AFTERGLOW
DTP／校閲　株式会社鷗来堂
印刷所　株式会社エデュプレス
発行　株式会社マイクロマガジン社
〒104-0041　東京都中央区新富1-3-7　ヨドコウビル
［営業部］TEL 03-3206-1641／FAX 03-3551-1208
［編集部］TEL 03-3551-9563／FAX 03-3551-9565
https://micromagazine.co.jp/

ISBN978-4-86716-608-6 C0193